這個夏天，我碰上了蛙靈

顏瑜 著

目次

第一章

週六的市立游泳池，本應該是人很多的時候，但今天的泳客卻寥寥無幾，只有平時那些已經買好月票的退休老人，在SPA區悠閒泡水。

大泳池場邊有兩位救生員，穿著小紅短褲，一人顧一邊。靠近門口的那位體型高壯，正甩著胸前的哨子，和櫃檯的妹子搭訕著；相較起來，靠裡邊的這位則瘦小了些，他安靜坐在凳子上，盯著泳池若有所思。

他是故事的主角，林侑諺。

林侑諺才剛在這裡上班還不到一個月，身為菜鳥的他，負責顧泳池的裡側。裡側有一扇門通往外頭，老是有冷風吹進來，吹得人很不舒服，所以沒有人要顧。

林侑諺還只是個學生而已，利用假日來打工，他的體型沒有很壯碩，和這裡的同事相比，顯得有些清秀，但這不妨礙他勝任這份工作。他十六歲的時候就考過救生員執照了，而剛滿十八，他就來這裡打工了。

但這不代表他從小的志業就是救生員，他只是喜歡水、愛玩水，他以前都會來這裡游泳呢，如今卻已經成了救生員。

今日的泳池沒什麼人，林侑諺胡思亂想著，這時有三個小女生從更衣室走了出來，開心的嚷著，準備下水游泳。

小學生吶？

林侑諺嘀咕著，她們似乎是三姊妹，身高都差不多矮，長相也頗類似，都是瓜子臉蛋，櫻桃小嘴，但只有帶頭的姊姊戴了泳帽，身後兩個跟班都長髮及肩。

另一個救生員還在聊天，三人就在他的眼皮底下，悠哉悠哉的走過去了。

「欸……」林侑諺起身，剛要提醒她們戴泳帽才能入水，後面的兩個妹妹就拿出了泳帽來。姊姊幫兩個妹妹戴好了泳帽，陸續進入泳池中。

今天之所以人這麼少，是因為隔壁鎮開了一間小型的水上樂園，除了有泳池，還有各種滑水道、假海灘、漂浮球池，不管是設備還是裝潢，都不是這裡能比的，而且開幕主打半價，所以將人潮都吸引過去了。

但生意不好，林侑諺不煩惱，他的同事們也都不煩惱，因為這是市立的游泳池，客人要來不來都拉倒，大夥兒還樂得輕鬆。

「哈哈哈哈哈。」

「哈哈哈哈。」

從池子不斷傳來笑聲，來自於那對的三姊妹。

姊姊戴著紫色的泳帽，坐在池子邊，一面用腳泡水一面拍臉，好像在做美容一樣，十分享受，舉止一點都不像是小學生；至於二妹，正快樂活潑的游泳，像條魚般水性極好，笑聲都是由她發出來的；小妹，三人之中最矮的一個，則靜靜待在大姊旁邊，一顆頭動也不動的浮在水面上，不曉得在幹嘛。

林侑諺關注著她們，深怕她們溺水，畢竟沒大人陪，小孩子獨自待在深水區是很危險的。

「！」

林侑諺這才發覺，這三個身高還不到一百五十公分的小女生竟是在深水區，腳都踩不到地板了，還能游得這麼好，尤其是那個二妹，不戴泳鏡也能來回游個兩趟不休息，蛙式還十分標準，標準到無可挑剔。

到底是何方神聖啊？這三個女生，該不會從小就接受職業訓練吧？

「喂，林侑諺，中午要吃什麼？」這時，他那個救生員同事突然出現在他身邊，問道。

「排、排骨便當。」林侑諺隨意回答，接著倉促的問：「我們深水池是可以允許小孩子的嗎？」

「什麼？」同事沒聽清楚。

「小朋友可以進深水池游嗎？」林侑諺比著泳池說道。

「基本上不行。」他同事看了一下，目光也是停留在二妹身上：「哦，游得挺不錯的啊，你找找她們的家長在哪，把她們帶回去吧。」說完他同事就走了。

「喂，就這樣嗎？」林侑諺傻眼：「學長你不幫幫忙啊，學長！」

林侑諺起身，決定去關心一下。他拿著刮水拖把，假裝若無其事的走過去，二妹卻在此時從池邊來個華麗跳水，濺了一地的水，還差點噴到他的褲子。

「喂，這邊不能跳水。」林侑諺立刻制止。

「哎呀，真對不起。」

道歉的是坐在池邊的大姊，二妹已經游遠，大姊走了過來，十分誠懇的向林侑諺鞠躬：「我會告誡她的，不會有下次。」

「呃，也沒那麼嚴重啦。」林侑諺有些手足無措，趕緊拿著拖把將水刮進排水縫隙，然後好奇的問：「妳們是三姊妹嗎？」

「對。」

「我們這邊是深水池，小朋友不能進來呢，很危險。」林侑諺提到，並比著另一端：「那邊有兒童池，妳們要不要過去呢？」

「我們不是小孩子哦。」對方回答。

「咦？」

「我們不是小孩子，都滿十八歲了，剛才櫃檯也有確認過了哦。」她笑著回答，林侑諺這才注意到，她的眼眸和泳帽的顏色一樣，都是淡淡的紫色。

「妳們滿十八了？」林侑諺很驚訝，轉頭想找她的兩個妹妹，一時之間卻找不到：「怎麼可能！」

「真的，不信你可以去問櫃檯的姐姐哦。」

林侑諺頓時語塞，陷入遲疑，眼前女生的舉止，和她若有似無的微笑，確實不像小孩子，但長相就是小孩子沒錯呀，而且身高連他的胸口都不到呢。

「你叫什麼名字呀？」她忽然問道。

「我……林侑諺。」林侑諺無奈的回答：「我是救生員，所以要負責妳們的安全。」

「救生員，是負責守護這個池子的嗎？」她似乎不懂這個詞。

「守護？」

對方似乎意識到自己說錯話，趕緊掩飾的揮揮手：「我叫做薇薇，請多多指教。」

「呃，妳好啊。」林侑諺和她握手，覺得有說不出的古怪：「薇薇，是妳的小名嗎？那妳的本名是什麼？」

「改天再告訴你，我們應該會常常見面。」薇薇說道。

「常常見面？」

「是呀，附近好像只有這個水池而已呢。」薇薇回答，有些煩惱的樣子。

水池？指的是泳池嗎？

常常見面？是指常常會來嗎？

林侑諺心想著，雖然不再懷疑眼前這個人是小孩子，但她說的話總讓人摸不著頭緒。

這時，她的二妹忽然從水中冒出頭來，朝林侑諺的腳噴出了一口水，嚇了林侑諺一跳。

「嘿，鈴鈴，不可以這樣。」薇薇趕緊制止。

「哈哈哈，姊，妳跟這個人在說什麼呀？」名叫鈴鈴的女孩笑道，在水中又滾了一圈，好像海豚一樣，如魚得水。

「妳真的游得很好耶。」林侑諺看著她說道，早就想和她說話了：「是從小就學游泳嗎？」

「學游泳？那種東西為什麼需要學？」鈴鈴歪著頭問。

「嘿，我們三個天生就很喜歡玩水啦。」薇薇趕緊出來打圓場，並趁機將她們三姊妹介紹一次。

二妹就叫鈴鈴，很活潑，最小的妹妹則很文靜，叫做芙，此刻還泡在水中，沒注意到姊姊們的狀況。

「妳們的名字都很好聽。」林侑諺說道：「還滿想知道本名的。」

「你的名字也很好聽。」鈴鈴笑道，在水中晃著雙腿，鬼靈精的打量著林侑諺：「『有眼』、『有眼』。」

「是侑諺。」林侑諺糾正道，並發現，在泳池中那個一直搞自閉的小妹，芙，終於有所動靜了。她輕輕的張開嘴，吸了一口氣，然後就沈入水中。

「『有眼』，你跟我們的祖先有關係嗎？」鈴鈴饒有興趣的問道，不知何時又泡到泳池中，她趴在池緣，盯著林侑諺看：「我們的祖先也有大大的眼睛。」

「鈴鈴，不要一直說奇怪的話。」薇薇再次制止她，溫柔的眼眸中閃過一絲危險的訊號：「再亂講話，就處罰妳哦。」

「哎哎哎，好啦。」

林侑諺沒聽到她們的對話，他一心只注意著泳池的狀況，因為那個叫芙的小女生，已經沉進水裡一分鐘沒有出來了。

林侑諺看著水底下她黑色的身影，覺得超詭異，小孩子怎麼可能憋氣這麼久？但就算是溺水了，為什麼沒有浮起來？

他當下就決定下水去救她，不料才剛接近那個位置，水底下的黑影就迅速的移動到五公尺遠的地方，林侑諺還以為自己眼花看錯了，他立刻潛入水底，模糊的看到了那個女生的樣子。名叫芙的女生抱膝坐在水下，不信任的盯著他看，臉頰都嘟起來。

下一秒鈴鈴就忽然游過他眼前，朝他揮揮手，嚇了他一跳，吐出一大口泡泡。

「有眼在水裡做什麼？」他一浮起來，鈴鈴也跟著浮起來問道。

「妳、妳們的小妹……」林侑諺頭腦還一片混亂，四下找著芙的蹤跡：「為什麼能閉氣那麼久？」

「因為她的肺活量很好啦。」薇薇說道，在此同時，水底下的芙已經移動到了她身邊，緊挨著她的大腿不放，看著怪可怕的。

「肺活量？」林侑諺看了看牆上的時鐘：「已經五分鐘過去了，這已經不是肺活量的問題了吧？」

「呵呵呵，說的也是。」薇薇輕笑著，一把就將芙給拉上來，而剛出水的芙卻一點也沒有喘息，更沒有氧氣不足的樣子，而是躲在薇薇身後，不敢看任何人。

「妳是不是在應付我啊？妳們三個到底是誰呀？」林侑諺愈發懷疑了。

這時，便當來了，他的同事們朝他揮手，叫他去吃飯了，泳池換人顧。

林侑諺雖然還有很多問題想問，但為了不給同事困擾，歸還了刮水拖把後，就往櫃檯去了。

「今天人好少呢。」櫃檯的姊姊將排骨便當拿給林侑諺，一夥人已經在櫃檯後吃了起來。

「人少好啊，耳根子清淨。」其中一位游泳教練說道。

「隔壁鎮新開的那間泳館，你們會想去看看嗎？」某人問道：「聽說滑水道很長欸。」

「改天會帶孩子去看看吧，應該滿好玩的。」

「那你最好要快，他們只有開幕這幾天半價。」

眾人聊著那家水上樂園的事，林侑諺卻不參與討論，他討厭那間水上樂園，因為那塊區域，原本是要作為他們學校擴充游泳池之用，最後卻被某個企業搶走了，並在很短的時間內，就蓋成了水上樂園。

此外，那間水上樂園在當地也引起不少爭議，例如他們變更了許多原始屬於公園的地目，讓本來只有一小塊能營建的區域，成了今日水上樂園的規模。

他們還砍了不少樹，這事引起過護樹團體的抗議，但後來都無效，原本的綠地成了假的沙灘造景，聽起來多諷刺。但人們很快就忘記了這件事，開幕日，一樣爭先恐後去排隊。

林侑諺吃著吃著，卻發現自己的排骨少了一塊，他左看右看，同事們還在瞎聊天，奇怪，應該不會是他們在惡作劇吧？

他往便當裡數了數，然後不自覺的往後看。

在泳池那邊，鈴鈴正攀在鐵欄杆旁，虎視眈眈的盯著他看。林侑諺覺得古怪，但還是裝做沒看見，他夾起一塊排骨，準備繼續吃飯。

不料這時，從鈴鈴的嘴巴卻忽然伸出一條紅色的東西，延長了數公尺的距離，在不到一秒的時間裡捲住林侑諺筷子上的排骨，飛快的送回自己嘴裡。

「哇啊啊啊！」林侑諺嚇得從椅子上摔下來。

他的同事趕忙關心，但林侑諺只是指著泳池，無法描述剛剛那一幕。而鈴鈴正滿足的捧著臉頰，喜孜孜的吃著剛搶來的排骨，似乎除了林侑諺，沒人看到剛剛的畫面，畢竟一切都發生得太過迅速。

「你幹嘛啊？噎到了嗎？」他救生員的同事拍著他的背。

「不是啊，我……」林侑諺吃驚的盯著鈴鈴：「那是……舌頭嗎？」他回想著她剛才從嘴巴所探出的紅色物體。

薇薇也沒閒著，直接就往鈴鈴的背捏下去，教訓她不要再亂來了，但這只是更加證明，剛才那光怪陸離的一幕是真的，林侑諺並沒有看錯。

就在林侑諺起身，想去搞清楚時，泳池又有了新的動靜，只見始終沉在水裡的芙動了一下，然後就從口中冒出了一個大氣泡，氣泡之巨大在浮起來的過程中擠開了池裡的人，並覆蓋整個水面，產生了震耳欲聾的一聲——啵！

這一炸響，讓眾人瞬間鴉雀無聲。這回，不只有林侑諺看到那一幕了，有好多人都看到，甚至身在其中，被氣泡破裂的風給吹乾了身體。

「呃，呵呵……」薇薇發出了尷尬又不失禮貌的笑聲：「她只是肺活量比較大啦。」

說完她立刻拉起兩個妹妹走人，急匆匆的就往更衣室走去。

「慢著！」但林侑諺喊住了她們，此時他已經確信，這三個姊妹絕對不是正常人。

他在更衣室前攔住了她們，芙顯得很畏懼，覺得是自己搞砸了，薇薇表情嚴肅，準備面對任何狀況，鈴鈴則狀況外的盯著門簾上晃動的彩結，像貓一樣容易被小事物吸引。

「那個……」林侑諺欲言又止，似乎準備責備她們，最後他指著鈴鈴說道：「妳吃掉我的排骨，至少得還給我吧？」

三姊妹都愣住，林侑諺趁機將她們從旁邊的小門拉出去，來到外面的露天泳池。由於天氣較涼，今天客人又比較少，露天泳池完全沒人。

「說清楚剛剛那到底是怎麼回事？」林侑諺問道，主要是對著薇薇問：「為什麼她的舌頭那麼長？」他指著鈴鈴，接著又指著芙：「還有那顆氣泡是怎麼回事？」

「是你的錯覺吧。」薇薇一本正經的說道，帶著微笑：「哪有什麼舌頭和氣泡？」

「妳現在要裝傻哦？」林侑諺無奈的說道：「我們場館有監視器，肯定都拍到了。」

「監視器是啥？」鈴鈴插嘴問道，然後既無厘頭又認真的提出她的看法：「姊姊，我覺得這個人是好人，因為他的肉很好吃。我們剛好也需要人類幫助，就請他幫幫我們啊！」說到這，她還意猶未盡那塊排骨的滋味。

「人類？妳們果然不是人類嗎？」林侑諺抓住了她的語病，驚訝的問道。

他畢竟看過許多電影和動畫作品，剛才發生的事情，和這三個人講的話是如此的離奇，難道她們是外星人？未來人？妖精？妖怪？

「妳們到底是誰？」林侑諺震驚的問道，一面天馬行空的想著：「難道真的是妖怪？」

「哈哈哈哈，妖怪。」鈴鈴被他的話給逗得哈哈大笑：「我們才不是妖怪，我們是……」

「噓，鈴鈴！」薇薇立刻制止她，並陷入沉思。

她只花了十秒便想好了利害關係，嚴肅的對著林侑諺說道：「你能保證不把我們的事情說出去嗎？」

「那要看是什麼事情。」林侑諺說道，他可不是個會亂給承諾的人，但想想後又補充：「如果不會危害到我們人類的安全，我一定保密。」此時的他已經先入為主，認為對方絕不是人類了。

「那你能保證幫我們找到食物？」薇薇再問道。

「食物？」

薇薇都還沒回答，肚子便發出了咕嚕嚕的聲音，她身後躲著的芙也跟著發出叫聲，看來三人是有一段時間沒吃東西了。

「人類的食物都要用貨幣購買吧？」薇薇問道，三人之中她對人類的了解最深：「我們弄不到人類的貨幣，就無法取得食物，你能保證幫我們找到食物？」

「等等，為什麼要弄得這麼複雜？」林侑諺扶著頭：「反正，要我請妳們吃幾頓飯就對了？」

「不是只有幾頓而已，我們需要一個短期飯票。」薇薇回答。

「蛤？這不對吧。」林侑諺反悔了：「妳這是趁機敲詐吧？我為什麼非要配合不可？那我不想知道妳們的事情了。」

「嘿，人類。」薇薇的臉色忽然變得陰森起來，和那溫柔的神情有天大的反差：「你將知道的，可是攸關人類存亡的一個天大的祕密，你確定你不要了？」

林侑諺吞了口口水：「到底是什麼祕密？」

「你能保證幫我們找到食物？」薇薇再次問道。

「嗯……」林侑諺想了一下自己的存款數量：「應該可以。」

「好吧。」薇薇點點頭，思索著該從何說起，然後將旁邊的鈴鈴拉過來，以及身後的芙：「我們並不是人類，我們其實是蛙靈。」

「蛙靈？」林侑諺第一次聽到這個字眼：「青蛙的蛙？」

「對。」

林侑諺這才注意到她的手，她的手指間有一層小小的肉膜，就像青蛙的蹼一樣，鈴鈴和芙也都有一點點，她們似乎還沒長全。

「蛙靈是什麼東西呀？」林侑諺此時才覺得驚嚇：「是妖精嗎？精靈？怪物？妳們存在多久了呀？政府知道嗎？」

「蛙靈就是蛙靈，才不是什麼怪物。」鈴鈴不開心的說道，覺得受到侮辱：「有眼你這樣很過分喔。」

「應該沒有多少人知道我們的存在。」薇薇此時回答林侑諺的問題：「我們很低調，很少出現在人類的地盤。」

「不然妳們都住在哪裡？」林侑諺反問。

「蛙靈的國度，是一個異世界。」薇薇回答：「但這個異世界還是和人類的世界有連接，所以我們才能透過一些方法來到這裡。

「那妳剛剛說，攸關人類存亡的天大祕密是什麼？」

此話一出，薇薇先是沉默，然後才語重心長的說：「我們三個這次來人間，是為了找我們『蛙靈先祖』的。」

「蛙靈先祖？」林侑諺又聽到了個新的名詞：「祂是……妳們祖先？」

「對，而且祂不是一個實際的存在，祂是一個……更高的存在，畢竟祂已經死去那麼久了。」薇薇想著該怎麼形容。

「神的意思嗎？所以祂是妳們的神？」林侑諺說。

「對！」薇薇靈機一動：「就是這個意思，蛙靈先祖是我們的神。」

「妳們的神怎麼會跑來人間？」林侑諺好奇問道。

「這個就說來話長了，但祂只要跑來人間，就會引發災難。」薇薇嚴肅的說道：「所以我們才奉命將祂找回來，請祂回到蛙界。」

「會引發什麼災難？」

「很可怕、很嚴重的災難。」鈴鈴說道，張牙舞爪的：「會有很多很多人類死掉。」

那不就是瘟神嗎？

林侑諺心裡想著，但不敢說出口，畢竟是她們祖先。

「所以，我們大概只有十幾天的時間，一定要找到祂。」薇薇說道。

「十幾天？未免也太短了吧？」林侑諺大吃一驚：「那人類距離末日只剩下十幾天？」

「不是末日啦，沒那麼誇張。」薇薇趕緊說，不想造成林侑諺的害怕：「先祖也不是第一次到人間作亂了，就算災難真的發生，我相信人類也可以挺過去，只是，我們不忍心看到你們受難，所以還是盡全力來阻止。」

「具體到底是什麼災難？」林侑諺很疑惑：「妳們是蛙靈，祖先也是青蛙吧？青蛙會造成什麼災難？」他的腦海不禁浮現一隻巨大的青蛙怪獸，在毀滅城市的樣子。

「這就很難說了，我們蛙靈都會一點魔法，先祖的法力更是高強，就算已經成神了，還是會對人類造成很大的危險。」薇薇說。

所以真的是瘟神嘛，沒事幹嘛來害人類呢？林侑諺再次在心裡吐槽。

「真的要麻煩你幫幫我們。」鈴鈴拉住了他的手，懇求著：「阻止先祖，然後還有——」她的肚子叫了起來，害臊的摸摸頭：「嘿，剛剛是不是約定好要帶我們吃飯？」

她話一講完，始終安靜的芙也坐到了地上，似乎餓壞了，況且她們還穿著泳衣，一副瘦巴巴的樣子。

「妳們多久沒吃飯了？」林侑諺問道。

鈴鈴動著手指頭數，薇薇則直接回答：「大概兩天，我們前天到人間來，光找『領地』就花了全部的時間，期間大概只吃了一點路人給的東西。」

「『領地』？」林侑諺又聽到了新的字眼，不免覺得頭大，但他還是決定等等再問：「兩天沒吃也太嚴重了吧？我看我先帶妳們去吃飯，其他的事情吃完飯再說。」

「贊成！」鈴鈴舉著雙手，彷彿又活了過來。

「你不是還在工作嗎？」薇薇看著他的紅短褲，她知道這是他們的制服，雖然不曉得林侑諺具體做的是什麼工作。

「我只是打工的，而且今天人這麼少，我可以請假，提早走。」林侑諺說道，實際上他也待不住了：「妳們想想要吃什麼吧，青蛙能吃人類的食物嗎？青蛙是不是都吃蟲子？」

「蟲子！」鈴鈴立刻眼睛一亮，被林侑諺給猜對。

但薇薇下一秒就扶住她的肩膀說：「我們不吃蟲子，那畫面多可怕呀，呵呵呵，我們來人間就入境隨俗，只吃人類的食物，其他的甲蟲、壁虎、蜘蛛、蚯蚓、蚱蜢、水黽都不准吃哦。」

啊這不就都說出來了嗎？林侑諺在心裡想道，而且女孩吃蟲的畫面確實不好看，薇薇還真是成熟，連這種事情都想得很周到。

「況且人間的蟲子也很不乾淨。」薇薇補充，並看著妹妹們：「吃了會生病的，我出發前已經和她們約法三章了，在人間就只能吃人類的東西。」

「人間的蟲子不乾淨？為什麼？」林侑諺好奇的問道：「難道蛙界的就很乾淨？」

「人間的蟲子有很多病菌、農藥、化學殘留物等等的，有毒。」薇薇熟練的說出這些字眼，縱使她也不清楚那些字代表什麼：「蛙界的長老們都交代過，人間的東西除非親眼看到人類吃下去，否則都不能吃。」

「原來是這樣啊，人間確實有很多污染呢，蛙界聽起來就很純淨，像世外桃源一樣。」林侑諺嘀咕著：「薇薇對人類也很瞭解。」

「我以前來過人間一次。」薇薇回答。

「真的？」

「嗯，但那是好多年前的事了，當時我們待的地方就是『領地』，那是一塊很適合蛙靈居住的水源綠地。」薇薇解釋道：「我們三個這次來，頭一個任務就是找回那塊領地，之後再計畫別的。」

「我懂了，大本營的意思嘛。」林侑諺點頭。

「唉唷，你們不是說要吃飯嗎？」鈴鈴再也沒有精神了，她委屈的蹲下來：「再不吃就要餓死了啦！」

講到這，芙也餓扁了，坐在地上不起來。這個小女生從頭到尾都沒說過一句話，林侑諺對她也很好奇，但此時，還是趕快帶她們去吃東西要緊。

林侑諺快速的和主管請了假，穿上衣服，然後就在門口和三姊妹會合。

她們在薇薇的帶領下，效率也很快，竟然能比林侑諺早一步換好裝。而且，穿上衣服後的三姊妹有了明顯的不同。

姊姊薇薇穿著一套俐落的百褶裙，上衣像襯衫般的袖口折著，彷彿隨時可以幹活；鈴鈴則穿著露肩的洋裝，胸前有黃色的鈴鐺，短褲短襪俏皮活潑；芙在離開水後，頭髮竟像緞帶般捲了起來，還別個蝴蝶結，不說話的神情，儼然是個芭比娃娃。

「妳們……動作還真快。」林侑諺有些語塞，這三個他原先認為的小小孩，真的大不尋常。

「不是要帶我們去吃飯？有眼。」鈴鈴問道。

「嘿，不能這麼沒禮貌。」薇薇責備道，原本想讓鈴鈴別再亂喊那個綽號，卻忽然眉頭一皺，臉色大變：「糟糕，我們趕快走！」

「怎麼了？」林侑諺問道。

「趕快走就是了。」薇薇拉著兩個妹妹，反常的繞過眼前的大馬路，往旁邊的樹叢草地走去。

林侑諺雖然十分疑惑，但還是快步跟上去。

第二章

一直到離場館很遠，四個人才停下來。

「剛剛怎麼了？」林侑諺問道，快步走了這麼一大段路，他已經氣喘吁吁，他自詡體力已經不錯，但三姊妹卻大氣都不吭一聲。

「剛剛有貓。」薇薇回答。

「貓？」

「對，一隻橘色的，那是我們的天敵。」薇薇嚴肅的說道：「很危險，一旦被貓盯上就死定了。」

「哈哈，真的呀。」林侑諺笑道，接著想起，三姊妹畢竟是青蛙，會怕貓那種食物鏈的高等角色，也不奇怪。

林侑諺很快找了間餐館，帶她們用餐。

三姊妹並不挑食，考慮到預算問題，林侑諺直接點了一大盤水餃，整整有五十顆，應該夠吃了。

「哇！」鈴鈴看著眼前的水餃，嘴巴都流口水了：「白花花的，好像雞母蟲。」

「嘖，不要用那種比喻。」薇薇說道，見鈴鈴伸手就要抓，便拿起一雙筷子，塞到她手裡：「在人間不可以用手吃飯，要用筷子。」

「筷子是什麼？」鈴鈴好奇的握著手中的小木棒，她第一次到人間來，什麼都不懂。

「唉，妳插著吃好了。」薇薇收走了她一根筷子，打算讓她就用剩下的一根插著水餃吃。

「為什麼一定要用這個？直接吃也可以呀？」說罷，鈴鈴就伸出她那充滿彈性的舌頭，在一眨眼間就捲住盤子裡的水餃，吃下去，簡直就像青蛙一樣，但接著就被燙到。

「哇，好燙燙燙燙燙！」

林侑諺雖然已經見識過這一幕，但還是目瞪口呆。

「鈴，妳忘記我們約法三章嗎？」薇薇耐心的說道：「不可以吃蟲子、不可以伸舌頭，還有什麼？」

「不可以……」鈴鈴苦著臉，還在處理著嘴裡滾燙的水餃：「不可以隨便跟人類說話。」

「答對了。」

「但我們現在跟人類一起吃飯耶。」鈴鈴又哈哈笑道，舉起只剩一支的筷子，比著林侑諺：「你的這個食物好好吃哦！」

「不可以這樣子比人，很沒有禮貌。」薇薇無奈的說道，再這樣下去，她也覺得自己很嘮叨，便決定不再唸鈴鈴。

她夾了些水餃到小盤子讓鈴鈴用筷子插著吃，然後就轉身照顧芙，芙年紀太小，別說用筷子了，似乎舌頭也不太靈光，所以得靠薇薇親手餵。

「辛苦了。」林侑諺看著她們說道，打從心底覺得敬佩：「妳就好像她們的媽媽一樣呢。」

「還不至於啦，哪有那麼老呢。」薇薇開玩笑的說，接著問：「你不吃嗎，侑諺？」

「我剛剛才吃完便當呢，這些都是妳們的。」林侑諺指著桌上的盤子說道，然後凝視著芙：「她……是不是還不會說話呀？」

「噢，沒有啦，她只是很膽小，除了家人，她從來不會對別人說話。」薇薇解釋道：「從小就這樣，個性很害羞。」

講到這裡，芙的臉紅了起來，生氣的躲到薇薇身後，對著她的耳朵說悄悄話，彷彿在叫她不要亂說她的壞話。

這是第一次，林侑諺見到她最接近說話的舉動了，雖然還是沒有聽到她的聲音。

「好啦好啦。」薇薇應付著芙的抗議，笑著對林侑諺說：「芙真的很怕生呢。」

就在三人聊天的這一片刻，鈴鈴竟已經將大盤的水餃都吃掉了，林侑諺不得已，只好再叫了一盤。為了填飽這群「蛙靈」的胃，他月底可能要吃土了。
「我上次在人間待了三個月。」薇薇說道，間接解釋了她對人間這麼熟悉的原因：「當時也是為了找先祖，跟著很多長輩來。」
「那當時有找到嗎？」林侑諺問道。
「沒有。」薇薇苦笑道
「所以後來發生什麼事了？出現了什麼災難？」
薇薇沒有回答，只是笑著搖搖頭。她始終對災難的事情語帶保留，這只是更加深林侑諺的擔憂，如果很嚴重怎麼辦？
「上次來的時候，人間不是這樣的，還沒有這麼多高樓。」薇薇照著回憶描述道：「以前有很多水的，不管是河流，還是水塘，但現在都找不到了。」
「妳是多久以前來的啊？」林侑諺對她的話表示懷疑。
「有幾十年了吧。」
「幾十年?!」林侑諺十分吃驚：「所以妳現在幾歲了。」
「姊姊四十七歲了。」正在大快朵頤的鈴鈴回答道：「我二十八歲，芙只有十九歲。」
「天吶，這是什麼概念呀？」林侑諺聽了簡直崩潰：「妳們都比我還大呀，怎麼長得跟小孩子一樣？」

「蛙靈的成長是很緩慢的，壽命也很長，不像人類那麼短暫。」薇薇解釋道：「長老說，是我們生活的世界不一樣。蛙界是很和平、安靜、緩慢的地方，不像人間這麼吵雜，步調這麼快。」

林侑諺無言以對，一時之間還無法接受事實。

這三個小女生竟然比他還老，尤其是薇薇，都可以做他媽媽了。

「吃飽了嗎？」薇薇對著兩個妹妹問道，接著擺出一副嚴肅的樣子，眼神轉回林侑諺身上，語重心長說道：「那我們該來討論一下，接下來的任務。」

薇薇從懷中拿出了一份地圖，這份地圖是手繪的，記載著「領地」的位置，是她在出發前，向當年一起來過人間的那些長老們請教所畫下來的。

地圖所勾勒的圖案簡單明瞭，藍色的長條線就是河流、黃色的三角形就是山、綠色的長圓團子就是樹、還有些正方形的房子，雖然看起來像塗鴉，但卻很清楚的表達了目的地的位置。

不過這份地圖有一個很大的問題，就是它的範圍太小了，只簡單記載著一條河流的後方有兩個山坡，山坡內有散狀的樹，樹林中所圍著的區域就是「領地」；除非能直接飛到地圖中位置的附近，對照周圍的景色，否則根本不知道這塊地方是在台北？台中？台南？

「為什麼一定要先找到這個地方呢？」林侑諺問道，這是他一直很想問的問題：「這塊『領地』

有什麼神奇的魔力，可以讓你們找到蛙靈先祖嗎？」

「也不算。」薇薇搖頭：「之所以要找到『領地』，只是跟生存有關而已。」

「生存？」

「我們蛙靈離不開水。」薇薇說道，語氣中透露一股淡淡的憂愁：「如果太久沒有接觸到水，我們會很難受，逐漸枯萎死掉。」

「其實任何生物都離不開水，沒有喝水就會死掉耶。」林侑諺說。

「不是那個意思。」薇薇苦澀的笑道：「我講的不是喝水，我們需要的也不是你們街頭那種水龍頭打開的水，我們蛙靈是很純淨的生物，我們需要一個純淨的水塘，來維持我們的生命力。」她試圖解釋這妙不可言的概念：「我們需要待在一個活水的附近，休息、睡覺，否則只要幾天的時間就會死掉，人間是不適合我們生存的。」

「是這樣啊。」林侑諺思索著：「所以那個『領地』，就是一個活水池就對了？」

「不僅僅是活水池，它有樹木、有泥巴、有蘆葦、有蟲子和其他生命。」薇薇回憶著當年的畫面：「它是一個很棒的地方，不到完美，但已經很適合了，當年長老們第一眼就看上它，我們就在那邊紮營，直到任務失敗才回到蛙界。」

「我們已經找了兩天了，都快死掉了。」鈴鈴在此時說道，吃飽後的她沒事做，便開始聽他們講話。她盯著自己的手掌說：「我的手昨天都皺掉了，好痛。」

「還好找到了你們那個游泳池，解了燃眉之急。」薇薇補充道。

這事講起來就有趣了，其實剛來到人間的第一天，薇薇就注意到了林侑諺所在的那間市立游泳池，但游泳池館的外觀是硬梆梆的水泥、灰色的磚地鋪出來、來往的汽機車臭氣哄哄的，縱然有水池，完全就不是蛙靈們會想接近的地方。

直到最後真的沒辦法了，再不補水會死掉，薇薇才硬著頭皮帶著妹妹們進去，才有了後來的和林侑諺相遇。而且剛進場館時因為沒錢、不知道要穿泳衣、泳帽，還鬧出不少笑話，是靠著薇薇的機智才解決一切。

「所以妳是從哪裡弄來的錢呀？」林侑諺的問道。

「我們從樓上溜下去的。」鈴鈴誠實說道，並自豪起來：「有一個圓圓的管子可以溜下來，我們還從架子上拿那種通關衣服。」

「逃票呀?!」林侑諺皺眉想了一下，腦海竟很自然的浮現了三姊妹從一些通風管線溜下來的畫面，而且還順手牽羊偷了泳衣：「妳們這樣不行呀！」

「為什麼不行？誰叫你們的通關程序那麼複雜！」鈴鈴回答。

「妳們偷了泳衣，他們一定會調監視器的，下次妳們就不能再去了啊，會被抓的」。」林侑諺替她們感到煩惱：「這樣以後，妳們也不能再去那裡補水了。」

「這倒是還好。」薇薇若有所思的說道：「那個地方我們也不會再去了，它的效果不是很好，我們的生命力沒有完全恢復，可能只能撐到明天中午，所以要趕快找到『領地』。」

「對嘛，只是一個長方形的裝水箱子，一點都不舒服呀。」鈴鈴描述著她所感受到的市立游泳池，和心目中的水塘相比可差遠了。

「哼，但我記得妳那時也玩得挺愉快的嘛？」林侑諺說道。

「我哪有，我只是勉強游一下。」鈴鈴嘟著嘴說，接著又笑出來：「不過也好多啦，泡泡水感覺又有精神了。」

「言歸正傳，侑諺，你知不知道這是什麼地方呢？」薇薇指著桌上的地圖說：「能不能幫我們找到『領地』？」

林侑諺仔細的看了一下地圖，汗顏。

他怎麼可能會知道這是什麼地方呀，這麼不清不楚的。

「有點困難，因為沒有具體的位置。」林侑諺說道，然後指著那黃色三角形繪成的山：「這座山大概有多高呢？是屬於高山？還是山坡？」

「山坡。」薇薇篤定的說道，還記憶猶新呢：「大概就這麼高而已。」她比了一下，竟只比到餐廳天花板的位置。

「啊？就這麼矮？」林侑諺有些吃驚：「那根本也不算山坡，只是個土堆吧？」

「嗯，應該吧。」

「土堆就更難找了耶。」林侑諺說道，原本想著若是高山，台北的高山也就那麼多而已，要找到兩座挨在一起的並不難，但這下又回到原點了：「這條河大概多大呢？」他指著那條藍色的線問道。

「沒有很大。」薇薇說道，伸出雙臂，筆劃了一下寬度：「就是一條小水溝，裡面有魚有蝦。」

「有魚有蝦呀。」林侑諺苦惱的沉思著：「我能問一個問題嗎？」

「什麼問題？」

「為什麼這麼重大的任務，蛙界就只派妳們三個來？」林侑諺懷疑的問道：「如果真的很重要，不應該是派更強大的人來嗎？」他看著芙和鈴鈴，覺得她們實在是累贅。

「長老指定要我們三個來。」薇薇回答：「這是經過巫卜決定的，長老認為只有我們埤岩家的三姊妹才能解決這次的危機。」

「埤岩？那是妳們的姓氏？」

「不是，那是我們住的地方。」薇薇解釋道：「蛙靈沒有姓氏，只有名字」

「哦。」林侑諺似懂非懂的點頭，對蛙靈有了更深的了解，但總覺得他們蛙界的規模其實也不太，彷彿可以想像，那是一個世外桃源般的小村子。

這時，林侑諺發現地圖有個不尋常的地方，在兩個山坡的斜前方有棵樹跟其他樹不一樣，它長得特別大，那團代表樹身的綠色比別人肥了一圈。

這地圖看似簡略，但還是畫得很仔細的，在薇薇筆下，所有的樹木，以及兩座山幾乎畫得一模樣，所以這棵個頭特別大的樹，一定別有含義。

「薇薇，這棵樹怎麼這麼大？」林侑諺問道：「而且離其他樹都有一段距離。」

「咦？」薇薇看了一下，然後想起了一件事，便認真的說：「對哦，我想到了，在『領地』附近有一個特別巨大的樹，風吹過都發出嗡嗡叫聲，當時長老們還說一定有神靈寄宿在上面。我們可以從這棵樹來找到『領地』！」

「巨大的樹？神靈寄宿？」林侑諺對後面的詞比較有反應，他腦海中浮現出一個點子。在隔壁鎮上確實有一棵年歲很大的樹，被居民繫上了紅帶子，代表有神靈庇護，林侑諺每次搭公車經過時都會看到。

「我好像有點線索了。」林侑諺說道，越想越興奮：「妳們都吃完了嗎？我知道有一棵類似的樹，可以帶妳們去，很近。」

「真的嗎？」薇薇喜出望外的問：「要是真能『領地』，一定好好報答你。」

「哈哈，那也得先找到再說。」

眾人說行動就要行動，林侑諺才想著要搭什麼交通工具到隔壁鎮去，就見芙沒有動靜，表情有些古怪。眾人都站起來了，就只有她還坐在位置上。

「芙，怎麼了？」薇薇也注意到了異狀，便問道。

只見芙靠在薇薇耳邊輕輕說了一句，薇薇的眉毛就皺起來，略微擔憂的說道：「要下雨了呢。」

「下雨？」林侑諺不明所以。

「嗯，芙對天氣的感知很靈敏，可以在好幾個小時前就知道會下雨。」薇薇解釋道：「這種能力對蛙靈來說很重要，因為下雨時分能讓我們捕獲更多獵物。」

「那為什麼妳們看起來並不開心？」

「因為人間的雨很危險。」薇薇回答，又不得不提到長老們的叮嚀：「人間的雨會灼傷皮膚，是不能碰的，只要下雨就一定要待在室內。」

「有這麼嚴重？為什麼呀？」林侑諺驚訝的說，接著就自己想通了：「該不會是因為酸雨吧？」

「酸雨？」三姊妹顯然沒聽過這個詞。

「對，應該是酸雨的關係，在這種大城市因為空氣污染很嚴重，雨都是酸的，妳們來自蛙界才會受不了。」林侑諺盯著她們細皮嫩肉的手臂說道：「那妳們還要去嗎？還是等雨下完？」

「這都還沒下雨呢。」薇薇看著外頭的天空說道，雖然陰濛濛的，但芙的預測通常是幾個小時之後的事：「還是先過去看看吧，真下雨了，就躲到房子裡。」

「好吧，我這也有帶把傘，應該是沒那麼嚴重。」

四人離開餐廳，在林侑諺的帶領下搭上公車，往隔壁鎮前去。

林侑諺也很好奇那塊「領地」長怎樣，是不是人間仙境。他這陣子陷入低潮，心情不是很好，有什麼事物能讓他重新找回熱情的話，他很期待。

公車到站，四人沿著微微傾斜的馬路往郊區走去，就他一個大人，後面跟著三個小孩般的女孩，畫面還真有些滑稽。

「快到了，妳們看，就是那裡。」林侑諺指著遠處的十字路口說道。

只見在馬路拐彎的地方，有一棵上百年的大榕樹矗立在那，枝葉茂密的覆蓋了天空，數人合抱也抱不攏的樹身則被圍了一條紅繩子。

四人走到跟前，薇薇左看右看，繞了一圈仔細端詳，沒什麼想法。她不曉得這棵樹究竟是不是當初見到的樹，畢竟周圍景物變化太大了。

「這棵樹差點要被砍掉呢。」林侑諺說道，並在滿地的黃色落葉中，清出一快地方給女生們坐：「好在有居民的抗議和力保，它才活下來，馬路都繞過它。」

「為什麼要把樹砍掉？」鈴鈴好奇的問道。

「因為它擋到後面的開發案。」林侑諺指著後方的一大片區域說，心裡很不平衡：「那裡有一座水上樂園，是砍了很多樹才蓋成的。」

沒錯，此地再過去，就是令林侑諺十分不滿的水上樂園了。這裡原先是一座森林公園，有寬闊的草地和綠蔭供鎮民休閒散步，但現在卻被改建成了水上樂園。

「原本的樹都被砍掉，大概有上百棵，最後只有這棵被留下來。」林侑諺指著大榕樹說道：「它要是連自己都保不住，那就搞笑了，還被鎮民當神祭拜呢。」

馬路過去，水上樂園就在眼前，它被水藍色的圍牆包裹，佔地超過五公頃，外來的棕櫚樹整齊排列，入口處有鮮豔的大氣球，高聳的滑水道傳來陣陣歡樂的笑聲，空氣中還隱約傳來爆米花及烤食物的香氣。

「哇……」鈴鈴看得雙眼發光：「那裡到底是什麼地方呀？

芙也看得兩眼發直，對小孩子來說，它確實有莫大的吸引力，但看在林侑諺和薇薇眼裡就不是這樣了，他們很清楚這些人造建築的生硬與虛偽。

薇薇忽然想起了什麼，便拿出地圖來對照，越看表情越不對。

「怎麼了？」林侑諺問道，跟著湊近一起看地圖：「該不會這麼巧就是這裡吧？但……長得不一樣呀？」

地圖中有兩座山坡，還有一條河流，但眼前就只有一座水上樂園，退一萬步說，即使是在樂園還沒建成前，這裡也沒有山和河，那棵大榕樹外，就沒有與地圖符合的了。

「不。」薇薇卻皺眉搖頭，凝視著樂園的東面，那裡有一片矮房子，是僥倖躲過開發案沒被拆掉的，現在還有人居住。她說：「我感覺，似乎就是這裡了。」

「啊？怎麼說？」

「我記得那些房子。」薇薇指著矮房子說道，瞇著眼，試圖從模糊的記憶中提取一點線索：「當初，我記得那是這附近唯一的人類房子，我們還去跟他們請教過人類的事情。」

「唯一的房子？」林侑諺很驚訝，那些矮房子至少都有四十年的歷史了：「薇薇，妳到底是幾年前來人間的呀？」

「應該有好幾十年了。」薇薇估算道，其實他們蛙靈對歲月的流逝很遲鈍，就是很安逸的過日子：「啊，應該是在我二十幾歲的時候來的。」

「薇薇，妳不是已經四十七歲了嗎？」林侑諺下巴都快掉下來：「那已經是二十幾年前的事情了呀！」難怪他們找不到「領地」的位置，時過境遷，環境的樣貌早已不是當年的樣子了。

林侑諺打開了手機，用google搜尋這個土地過去的模樣，結果在一張民間人士的懷舊攝影集中，找到了和薇薇手中地圖類似的照片。

只見在黑白照片中，一條灰溜溜的大溝圳穿過半個田野，遠邊有座巨大的土堆，近邊也有一座入鏡，林侑諺覺得那不是什麼山坡，而是稻草堆，當時應該是收成的季節。

「對，那個時候好像就是秋天。」薇薇贊同道，並仔細看林侑諺的手機，激動的點頭道：「就是這裡，好像就是這裡，有河流、有山，但怎麼沒有那排矮房子了？」

「長得不好看，所以沒有入鏡吧？」林侑諺回答，越想越驚訝：「但也太巧了吧？『領地』真的就在這裡嗎？」

四人又在附近觀察了一下，薇薇基本上已經肯定了，這裡就是二十年前，他和長老們來到人間，所看重的「領地」。

如今的「領地」已經面目全非了，不僅大溝圳被水泥給填掉、埋進地底，連樹都被砍光了，稻草山更別說，早就不見蹤影；甚至後來所保留的公園綠地，也再一次被改建成了水上樂園，這裡早已不是當年那個適合蛙靈休養生息的好地方。

「唉，怎麼這樣呢？」薇薇既訝異又感嘆，指著林侑諺的手機說：「從後面這座山走進去後，就能看見一片水塘，我們把那邊當成基地。」

「水塘好像在很久很久以前就被土填掉了，在自來水系統普及之後。」林侑諺看著照片底下的文章說道：「一切都成為歷史的痕跡，只能回憶。」

「人類真的好厲害唷，可以把河流和池塘變不見。」鈴鈴天真的說道，也跟著看照片、討論了一把。

「呃，這不叫厲害吧。」林侑諺無言的說，並看向薇薇：「接下來怎麼辦？妳們的『領地』已經不存在了，必須找到新的。」

薇薇思索了一下，然後看著水上樂園問：「你說，那裡面也是一個有很多水的地方嗎？」

「跟妳們剛剛去的市立游泳池類似，但有更多設施。」林侑諺回答。

「所以會有更多水沒錯吧？」薇薇問道：「那我們去裡面勘查一下吧，如果不差太多，那直接把這裡當成『領地』也沒關係。」

「妳是認真的嗎？」林侑諺傻眼：「這裡和妳當年那個有樹、有河、有蟲魚鳥獸的池塘可是完全不一樣的地方吶！」

「我知道。」薇薇嚴肅的說：「但我們沒有太多時間了，我們的任務是要阻止先祖，可不是來找度假的地方。」

薇薇這麼一說，林侑諺頓時有些敬佩，她是個頭腦清晰、目標明確的人呢。

不過想想，她也已經是四十七歲的大嬸級人物了呀，林侑諺頓時覺得很冏。

四人走到水上樂園門口，又到了要掏錢的時候了，林侑諺看了看錢包，雖然今天開幕日半價，但還是很傷啊！

「沒關係，這樣好了，我們不用進去。」薇薇看出了他的難點，便說道：「在外面繞一圈，我就大概知道適不適合了。」

「其實我覺得不適合耶。」林侑諺回答：「薇薇雖然妳很聰明，但妳真的知道這是什麼地方嗎？這裡只營業到下午六點，六點後就打烊關燈了，警衛會巡邏趕人，晚上也沒東西吃，監視器到處都是，泳池還會定期抽水消毒，妳們根本不知道要躲去哪裡，更不可能在這裡安身立命。」

「這樣啊……」薇薇皺著眉，林侑諺講的她還真不知道呢：「聽起來，真的不太適合了呢。」

這時，鈴鈴突然望向樂園門口，似乎發現了什麼事。

第三章

鈴鈴直盯著樂園門口，大聲疾呼，並轉頭跟大家說道：「嘿，有人在叫我們耶！」

在樂園的售票亭，有個與林侑諺差不多年紀的男孩朝他們招手，鈴鈴熱情的回應他，不曉得他是只跟林侑諺打招呼而已。

林侑諺一看到他，臉上立刻露出複雜的表情，他下意識想閃躲，但已經被對方發現了，只好苦笑著揮手。

「林侑諺，你也來這裡呀？」對方赤裸的上身走過來，手裡提著泳具，顯然才想進去水上樂園而已。他附在林侑諺耳邊悄聲說：「還帶著三個小蘿莉，你是蘿莉控啊？」

「白痴，你在亂講什麼啊！」林侑諺怒道，耳根都紅了起來。

「嗯，我剛好也跟朋友約好要去玩，你們一起來嗎？」對方聳聳肩，對著三個小女生邀請道：「我有套票，比較便宜哦。」

「真的嗎？便宜多少呢？」薇薇一聽心動了，她還是頗想進去看看的。

「停停停！」林侑諺趕緊擋在中間阻止，然後義憤填膺的對著男孩說：「劉宇傑，你少來帶壞我朋友，你出現在這裡，我還沒找你算帳呢。」

「怎麼了嗎？」劉宇傑挑挑眉毛。

「你明明知道就是這座水上樂園奪走我們新的泳池，你還敢來這裡？」林侑諺越說越生氣，他和劉宇傑不僅僅是同學，還是同一個游泳隊的，從小就認識。

林侑諺從國小就開始學游泳了，國中、高中都有加入校隊，他們學校原本要擴建的泳池，就在這塊土地上，面積很小，預計是要和公園並存的，但水上樂園卻中途殺出，改變一切。

「這個樂園就是害我們沒新泳池用的凶手，你還來這裡給它賺錢！」林侑諺對劉宇傑嚷道，若不是為了三姊妹，自己是無論如何也不會來這裡的。

「那是兩碼子事。」劉宇傑淡定的說道：「話說你真的不游泳了嗎？你的傷，醫生後來怎麼說？」

這話讓林侑諺沉了臉色，薇薇感覺不對勁，便也拉住在一旁吵鬧的鈴鈴，大夥兒霎時安靜下來。

林侑諺和劉宇傑都是學校游泳社的社員，而且是唯一的三年級學長，其他人都因為課業壓力退社了，只剩他們還留著。

兩人對游泳都有很大的熱誠，代表學校參加過各種比賽，平時也喜歡互相較勁，爭奪過社長的位置。雖然社長現在已經由二年級的學弟擔任，但兩人還是泳隊裡講話最有分量的。

幾個月前，林侑諺肩膀忽然發痛，他去看醫生，被診斷出肩膀的韌帶已經鈣化，不能再進行高強度的舉肩運動了。這對林侑諺來說，儼然是判了死刑，他可以繼續游泳，卻不能再參加比賽，因為比賽一定要全力以赴，而他的肩膀承受不住那麼大的力量。

多麼令人晴天霹靂！

從那時候起林侑諺就開始休養，再也沒去過社團，最近肩膀雖然好了，但他也沒有繼續游泳了，教練、學弟妹，都來勸過他，說他至少泡泡水也好，但林侑諺都沒有聽進去。

只有劉宇傑沒勸他，劉宇傑知道不能比賽的感覺，假如連盡全力伸展手腳都不行，那游泳還有什麼意思？

「你不在，泳隊只有我一個人帶，很累。」劉宇傑在此時說道，這是第一次，他勸林侑諺：「那幾個學弟你又不是不知道，愛玩，不會管人。你放學有空來幫我看看也是挺好的。」

「不了，既然無法比賽，那我也不想再游泳了。」林侑諺倔強的說道，硬是不看劉宇傑。

「不想游泳？你當我不知道，你在市立游泳池當救生員嗎？」劉宇傑按捺不住脾氣的說，他挑著眉毛，很不高興：「你那樣就不算游泳喔？你到底在逃避什麼。」

「誰在逃避啊！」林侑諺也不爽了：「我只是去那裡打工，不行嗎？」

「那你有游泳沒錯吧？當救生員不用會游泳嗎？」劉宇傑回答：「那為什麼不來社團？不能比賽又怎樣，你寧願放學跑那麼遠去市立的，也不到社團來？」

「我講了，我是去打工！」林侑諺整個脾氣都上來了。

「好啊，那你就去打工啊，去啊，我現在要去裡面玩了。」劉宇傑故意高聲說道，指著水上樂園，並朝三個小女生揮手：「走呀，我請妳們去玩，裡面超好玩的，超多水，我們會玩得很開心！」

「不准去！」林侑諺握緊雙拳喊道，擋住身後的三個小女生：「你現在是什麼意思？這個樂園臭名昭彰，還毀了我們的新泳池，你還慫恿她們去！」

「毀了泳池又怎樣，你也不游啊？」兩人開始吵架。

「誰說我不游，我就算沒有去社團，我也很關心社團，我們從一年級就期待這個新泳池，結果說不蓋就不蓋了，為什麼你不生氣？」林侑諺指著劉宇傑的鼻子說道，又委屈又憤怒。

猶記兩人剛認識時，常在學校的小泳池游得氣喘吁吁，並遙想在畢業那一年有機會盼到新泳池完工，無比期待，現在卻化為烏有。

「我生氣，但也沒必要那麼生氣。」劉宇傑平靜的說道，用一副輕佻的樣子勾著他裝泳具的袋子：「反倒是你，你只是在假生氣吧。」

「蛤？假生氣？」林侑諺快氣炸了，推了劉宇傑的手一把：「你什麼意思。」

「我沒什麼意思，就看得很煩而已。」劉宇傑不客氣的說道，反手也推了林侑諺一把，他的個頭比林侑諺還高一些，這一推差點讓林侑諺跌倒。他說：「你根本只是在怨天尤人吧，你不能再比賽了，所以就亂生氣，社團也不來了，教練的話也不聽，現在又怪罪這個水上樂園。」

「我才沒有！」林侑諺傻眼，卻如當頭棒喝。

「你就是有，你就是在亂生氣，不然為什麼都不來泳隊了，你說啊！」劉宇傑越說越激動，將心裡的話一口氣宣洩出來：「你韌帶受傷，大家都很替你難過，然後呢？你又不是不能游泳了，你為什麼不來？還跑去當什麼救生員，那個工讀費那少，你騙我不知道喔，你才什麼意思！」

「蛤？」林侑諺被氣到無言以對，他感覺自己的內心完全被看光了，羞恥到連否認的話都說不出口。

「反正我們也要畢業了，你要離開泳隊，我也無所謂啊。」劉宇傑壓抑情緒的說道，彷彿又變回剛才故作冷靜的樣子，但任誰都看得出來他很生氣：「運動會沒人跟我游接力賽我也算了啊，輸給二年級的學弟我也算了啊，如果這是你要的，要我們三年級就這樣『光榮』退場，我也算了啊。」他又推了林侑諺一把，帶著極度的遺憾和不甘心：「我就是偏要來這個水上樂園，反正學校的泳池只有我一個人，很無聊。你越討厭這個樂園，我就越要來。」

說完，劉宇傑就大剌剌的走了，頭也不回的拎著泳具袋子往售票亭走去。

沉默許久後，鈴鈴才忍不住打破安靜，晃到林侑諺眼前說：「怎麼辦，他走了耶，可是他說要免費請我們進去。」

「嘿，鈴鈴。」薇薇立刻打斷白目的她，然後拍拍林侑諺的肩膀說：「我們就先離開這裡吧。」

「妳不是想探勘『領地』嗎？」林侑諺指著樂園說道。

「不用了，我覺得不適合呢。」薇薇溫柔的搖搖頭，知道林侑諺不喜歡這個地方，便笑著說：「『領地』已經消失了，這裡不再是『領地』了。我想，我們就先離開這裡吧，人類的藥水味讓我覺得刺鼻。」

林侑諺點點頭，他也不喜歡消毒水的味道，更不希望再遇見劉宇傑，便帶著大夥兒走回紅繩子樹那裡。

這時，安靜的芙又有了舉動，對著薇薇說悄悄話。

「糟糕，要下雨了呢。」薇薇看向天空說道：「比預想中還快。」

「我看，妳們先去我家吧。」林侑諺不由自主說道，他知道女孩們怕酸雨：「先到我家躲躲，『領地』的事再從長計議。」

「可以嗎?!」鈴鈴欣喜的說道，她想知道人類的家長怎樣，也想知道林侑諺的家長怎樣。

「可以嗎？」薇薇也問道，十分感激，這兩天她們已經流浪夠了：「如果能找個地方棲身，那真的太好了。」

「當然可以。」林侑諺回答，並沒有想太多，他只是盤算著，自己的父母和妹妹應該都還沒回家吧？

林侑諺的家並不大，住著一家四口剛剛好。

他父母在夜市擺攤，一般都很晚回來，妹妹則和朋友們去玩，此時的家中，就只有他以及三個小女生。

「有眼你家好小呀。」鈴鈴在屋內打轉說道，一會兒看看櫥窗，一會兒看看花瓶：「這樣不會無聊嗎？」

「很小嗎？這已經是坪數很大的房子了呢。」林侑諺回答，並整理房間的東西：「妳們先坐在客廳好了，我等等拿水給妳們喝。」

「不要在意鈴鈴的話。」薇薇說道，帶著妹妹們在沙發坐下：「蛙靈沒有所謂的家，都是在大自然中棲息，所以她才會覺得你家很窄。」

「難怪，我家哪能跟大自然比呀。」林侑諺說道，稍微換了便服，端了些果汁就來到客廳：「我們人類想要有自己的棲身之地還得用買的，真羨慕妳們。」

薇薇喝了一口果汁，差點嗆到，實在太甜了。她緩緩放下杯子，思索了一會兒後決定問道：「侑諺，你是真的不游泳了嗎？」

「蛤？」林侑諺愣住，沒想到她會問這個問題。

「你就要這樣放棄嗎？」薇薇真誠的說道，她不避諱講這件事，她覺得林侑諺需要談談：「我覺得你還想游泳，還想回泳隊。」

「不要受那傢伙影響了。」林侑諺想到劉宇傑，還覺得十分生氣：「他根本什麼也不懂。」

「我覺得他懂很多。」薇薇笑著回答，彷彿看懂了林侑諺和劉宇傑間的微妙關係：「他很關心你，也希望你能回去那個大團體。」

「知道嘛，他是真的不懂。」林侑諺冷冷的說道，哼了一聲：「他以為我不能游泳了嗎？才不是，我如果不能游泳，才不會只有現在這個樣子。」

如果完全不能游泳，他會崩潰吧？

「你不是不能游泳，你是不能『比賽』呀？」薇薇說道，她很聰明的能理解這其中的差異。

「啊，我講錯了，我也不是不能比賽。」林侑諺改口，對薇薇說道：「醫生說過，我再也不能進行高強度的舉肩運動了。」

「那不就代表不能比賽嗎？」

「不是哦，我的肩膀，假如換一種游泳的方式，醫生說還是可以繼續比賽的。」林侑諺凝視著薇薇，決定把這個祕密說出來：「我原本是游自由式的，肩膀負荷很重，醫生說再繼續游會報廢。但如果我換成游蛙式，就完全沒問題。」

自由式的手臂必須大幅度向前，對肩膀的要求很高，但蛙式就不必了，兩者使用的肌肉群有顯著的不同。林侑諺從沒把這件事告訴過別人，他的同學、教練、學弟妹，包括劉宇傑，都當真認為他這輩子再也不能比賽了。

「哇，那太好了呀？」薇薇聽完很高興：「那你還是可以繼續游泳了呀，你現在不是康復了嗎？」

「才不好，我不會改游蛙式的。」林侑諺倔強的說道：「所以，我就不會再比賽了，因為我不可能游蛙式。」

「為什麼不可能游蛙式？你對蛙式有什麼意見嗎？」鈴鈴突然沒頭沒腦的拋出一句話，在這之前，芙才靠著她的耳朵，告訴她所謂的蛙式就是青蛙在游的姿勢。

「蛙式有哪裡不好？」鈴鈴不開心的說，捧著自己的胸口：「我們蛙靈就是游蛙式的啊，為什麼要歧視蛙式？」

「呃，我沒有歧視蛙式啦！」林侑諺趕緊澄清。

「那為什麼不能游呢？」薇薇也很想知道。

林侑諺汗顏，有點難以啟齒。

在學校游泳社裡，三年級學長就只剩下他和劉宇傑，而且兩人又各自代表了兩個派系——林侑諺是游自由式的，而劉宇傑則是游蛙式的。

他們不僅僅是游法不同而已，平時還會較勁，嘲笑對方游得慢、游得醜，放學後來比一場也是常有的事。

依世界紀錄來說，林侑諺所代表的自由式（爬泳），是最快的泳式，其次是蝶式、仰式，再來才是蛙式。但很有意思的是，林侑諺並沒有因此游得比劉宇傑快，兩人總是旗鼓相當，互有輸贏。

這就讓林侑諺很不爽了，這豈不代表他其實游得比較慢？雖然劉宇傑從來沒有拿這點來說嘴，他卻一直記在心上，並想著一定要超越他。

「所以，妳們覺得我能改游蛙式嗎？」林侑諺不可置信的搖著頭說：「我又不是不要面子了，竟然去游和我死對頭一樣的泳式。」

「不是還有其他的嗎？」薇薇委婉問道：「你剛剛講到的呀，還有什麼什麼蝴蝶……」

「蝶式和仰式嗎？」林侑諺說道：「仰式就算了，我覺得姿勢很醜，蝶式我也從來沒有游過，不想重頭再學。」

「……」薇薇聽完有些無語，原先她還覺得林侑諺這人類挺可靠的，現在才發現，他也並不是那麼成熟的人，他其實很會鬧脾氣，於是她說：「就因為這些小理由，你就不游泳了？」

「我沒有不游……」

「好，那你就不比賽了？」薇薇改口：「你這樣太可惜啦，贏得比賽不是有什麼獎金和榮耀嗎？既然你的傷已經康復了，就不應該糾結這些小事，不然你會後悔的。」

「我也一直在想啊。」林侑諺嘟噥道，否則他幹嘛賭氣去做什麼救生員，不就是想找一個學校以外的地方免費游泳：「但要比賽，蝶式我真的不會，重頭再學也沒意義，仰式更不可能……」

「所以只剩蛙式。」薇薇聽出重點：「但蛙式的最大問題，就在於你不想跟那個男孩游一樣的對吧？否則你還是可以接受蛙式沒錯吧？」

「也可以這麼說啦。」林侑諺心煩的說道：「畢竟我之前批評過好多次，說蛙式超醜的，像癩蛤蟆一樣，腳一蹬一蹬的……」

「癩蛤蟆……」薇薇臉上三條線，真有種被冒犯的感覺，誰叫她們都是蛙靈。

就在林侑諺端起盤子，想收走她們不喝的果汁時，下雨了。

雨滴一點一點的打在窗戶上，鈴鈴和芙立刻跑到窗邊去看，即使窗戶已經被林侑諺預先關起來，她們還是看得饒有興致。

「真的下雨了。」林侑諺看著牆上的時鐘說道：「記得早上還一片晴朗的，你們妹妹的預感真的比天氣預報還準啊。」

「芙未來可是會成為巫師的。」薇薇說道：「她有那種天分。」

「巫師？」林侑諺對這個詞感到好奇。

「蛙靈之中有些人會巫卜，或稱占卜，他們就是巫師。」薇薇解釋道：「這次派我們三個來人間，也是巫師長老的指示，他覺得只有我們能阻止先祖。」

「嗯嗯，這妳有說過。」林侑諺點頭，其實到現在，他還不明白蛙靈先祖究竟是個什麼東西：「妳們講的那個先祖是個無形體的神靈吧？那妳們打算怎麼阻止祂？」

「不知道呢。」薇薇心不在焉的說道，也跟著看窗戶：「等時機到，自然有辦法的。」

「時機到？妳不是說剩十幾天嗎？」林侑諺一頭霧水：「難不成我們就這樣坐以待斃？」

「也不叫坐以待斃。」薇薇苦笑著回答：「反正妳不用擔心，這是我們該擔心的事，不是你。」

「嗯……」林侑諺也不知道該怎麼繼續問下去。

雨下了一陣子後，鈴鈴和芙就對它失去興趣了，她們回到客廳來，開始打哈欠。

林侑諺忽然意識到，她們既沒了「領地」，莫不是要把他家當成新的領地吧？

「我們不能暫時住在這裡嗎？」薇薇納悶的問道：「就只是幾天的時間而已。」

「我有爸爸、媽媽和妹妹……」

「很多人很好呀。」鈴鈴天真的說道：「我們蛙界大家都住在一起耶！」

「不不不，在我家這樣並不好。」林侑諺說道，開始頭疼了：「我爸媽假如發現我帶人回來，會很麻煩的。」

「嗯……」薇薇露出複雜的表情：「好吧，我明白了，我們再另外找地方。」

「等等。」林侑諺苦惱的望向他的房間：「再讓我想一下下。」

他走進他的房間，東看看西看看，她們雖然是小孩子，但可是三個活生生的人呀，到底能藏在哪裡？怎麼想都行不通。

「你只要能給我們騰出臉盆大的地方就好。」這時，薇薇出現在他身後說道。

「臉盆？」林侑諺不解。

「對，我們畢竟是青蛙。」薇薇笑道，拉著兩個妹妹就到他眼前：「好像還沒向你展示過，我們的另一個模樣。」

一眨眼，站在前方的三人就不見了，林侑諺揉揉眼睛，發現在地板上多了三個小物體，不是什麼，正是綠油油的青蛙。

「妳們竟然可以變成青蛙?!」林侑諺大吃一驚。

「$%！？@＃&&」其中一隻青蛙講了許多話，貌似是薇薇，但因為太小了聽不清楚。

林侑諺將她們捧起來，立刻認出有蝴蝶結的是芙，顏色偏黃的是鈴鈴，講話中的則是薇薇。

林侑諺將耳朵靠近，才聽見薇薇說：「這是我們最脆弱的模樣，長老交代過在人間絕對不能變成青蛙，否則很容易喪命。」

「對呀，要是被踩死怎麼辦？」林侑諺點頭說道：「而且還有貓、狗什麼的會吃妳們。」

「但在你家就ＯＫ啦。」薇薇十分確定的說道：「這裡很安全，你只要給我們一點點空間，我們就能棲身啦。」

看著三隻小青蛙，林侑諺所煩惱的問題頓時解決了，他趕緊用碗盛一杯清水，還丟了兩片從窗台撿來的樹葉，漂在水上，形成了一個可供小青蛙們休息的地方。

「這樣就行了耶。」林侑諺欣喜的說，已經想好要把碗藏在書桌後面，這樣即使他媽進來也不會發現：「妳們要不要先進來看看？」

三姊妹沒有想進碗的意思，紛紛變回人形，鈴鈴直接躺到林侑諺的床上，打了個大哈欠。

「妳們不喜歡這個小家呀？」林侑諺尷尬的捧著碗說。

「沒啦，我們的家就是大自然，不習慣那個碗。」薇薇坦白說道：「但需要躲起來的時候，我們會進去的。」

「哦哦，那就好。」林侑諺放下了碗：「那妳們就能暫時在我這裡住下來啦。」

「真是謝謝你呀，幫我們這麼多。」薇薇由衷說道，雖然沒能回到「領地」，但有這麼一塊安全的棲身之處，也很幸運了：「真不曉得該怎麼報答你。」

「告訴我蛙靈先祖的祕密，不就是報答了嗎？」林侑諺想起當初的承諾。

「那哪算呀。」薇薇笑道，相處到這裡，她已經信任了林侑諺：「你真的幫我們太多了啦。」

薇薇心中想著，她一定要找機會報答林侑諺才行。

※　※　※

晚上，在林侑諺的家人回來後，三姊妹如約定好的，躲進了水碗中。

林侑諺拿了些晚餐的食物給她們吃，房門關上後，她們就能變回人形了，除了不能大聲說話外，沒什麼別的缺點。

但把這裡當真正的「領地」，還有一個最大的問題，這裡並沒有水。蛙靈需要靠大量的活水來維持她們的生命力，那類似一種氣場，林侑諺家沒有水池，只有浴缸，代表她們還是得在別的地方找水恢復她們的活力。

關於這點，四人已經討論好了，就明天再去市立游泳池吧，雖然那裡的水差強人意，但至少可以補充活力，每天去一次就能維持住生命力。

「太好了，這樣子的話，來人間的生活基本就搞定了呢。」薇薇滿意的說道，放鬆的心情，也讓她坐到林侑諺的床上：「長老說得果然沒錯，我們三個在一起就能無往不利。」

「對呀，我也出不少力耶！」鈴鈴一聽樂了，急著攬功勞：「這幾天的食物都是我找的喔！」

「食物？」林侑諺好奇問道。

「對呀，我很辛苦在找食物耶！」鈴鈴回答。

原來在遇見林侑諺之前，姊妹們的食物都是靠鈴鈴張羅的，她的鼻子很靈，總知道哪裡有吃的。至於她是用偷的還是用要的，林侑諺就不敢恭維了，總之她們之前過得很辛苦。

「如果姊姊負責頭腦，那我就是負責動力。」鈴鈴活潑的說道，比喻著三人之間的分工關係。

「那芙負責什麼呀？」林侑諺笑著問。

「芙喔……」鈴鈴陷入苦惱中，真回答不出來。

林侑諺也覺得很神奇，不說話的芙，在團隊中到底有什麼作用？難道是用來預測下雨的？而且為什麼都不說話？

就在林侑諺胡思亂想之際，薇薇也和芙不曉得在討論什麼，林侑諺刻意仔細聽，竟聽到了一個低沈的男性聲音，低沈到粗獷的地步，好似一個大叔。

他還一片混亂時，薇薇和芙已經停止了講話，那聲音也嘎然而止。

「……」林侑諺盯著芙那如芭比娃娃的陶瓷面孔，內心十分淩亂。

「怎麼了嗎？」薇薇笑著問道。

林侑諺猛搖頭，不敢講什麼話。

那聲音該不會就是芙的聲音吧？什麼狀況呀？為什麼這麼可愛的小女生會有那種聲音？

「侑諺是不是要去洗澡了？」薇薇細心的提到：「剛才就說要去洗澡了，現在應該差不多囉？」

「呃，對……」林侑諺這才想起自己是在等妹妹用完浴室，他拿著衣服起身，順口問道：「那妳們要怎麼洗澡？」

「你去的時候，我們用這個水會自己處理的。」薇薇指著水碗說道：「你走之前把門帶上吧，如果你的家人來，我們也會注意的。」

「好哦，薇薇果然很靠譜。」林侑諺弱弱的說道，腦海裡卻還想著剛才聽到的那個男人聲音。

難怪芙都不說話呢。

這一天就這樣子過了，睡前，林侑諺將窗戶打開，透進來的月光就照在書桌後的碗上，能看見三隻青蛙都坐在葉子上不動，似乎已經睡著了。

今天的經歷實在太奇妙，在遇見三姊妹前，林侑諺都不曉得世界上還有人類以外的智慧生命存在，除了蛙靈，會不會還有什麼鳥靈？犬靈呢？

林侑諺東想西想，卻不曾忘記蛙靈們的出現所帶來的並非好事，那個會引發災難的蛙靈先祖究竟是什麼？又要如何阻止祂呢？

這夜，林侑諺得輾轉好一會兒才能睡著了。

第四章

隔天，週日，林侑諺早上十點就帶著三姊妹到市立游泳池去，補充生命力。

今天他沒排班，同事們看到他還調侃他吃飽太閒，休假還到公司來。但林侑諺沒空和他們哈啦，他有好多事要做，他首先替三姊妹辦了兒童的月票，往後每天來才比較省錢；接著又把她們昨天偷的泳衣給結帳了，並連連道歉，說小孩子不懂事，好不容易才蒙混過去。

這一番下來，他的錢包也見底了，今天回家後，就得跟父母要錢了。

這一切薇薇都看在眼裡，她知道貨幣對人類的重要性，因此心存感激。而就在眾人都下水，林侑諺和鈴鈴互相潑水玩得好不開心時，一個不該出現在這裡的人出現了。

劉宇傑，提著和昨天一樣的泳具袋子，從櫃檯走進來，瞄了一眼泳池，然後就進入更衣室，不一會兒就穿著泳褲走出來了。

林侑諺正在和鈴鈴追逐，這兩個人越是相處越合得來，他們都是不服輸的人，而且很喜歡爭辯。剛剛才因為林侑諺批評蛙式泳姿很醜，兩人大吵特吵，現在又玩鬧在一起。

而當劉宇傑走到池邊，蹲下來望著他們時，林侑諺終於發現了他：「為什麼你會來這裡？」林侑諺不滿的問道。

「來看你耍廢啊。」劉宇傑盯著他說道：「你到底要不要回泳隊？」

「你問心酸的嗎？我講幾次了，我不要！」林侑諺倔強的說道。

劉宇傑嘆了口氣，不由分說，下水，揪住林侑諺就是一頓教訓，他知道他的弱點是怕癢，於是一陣搔，還把他的蛙鏡拔掉。

「哈哈哈哈，走開！」

「白痴喔，咳咳咳咳咳！嗆到了啦！」

對於林侑諺的消極他一直是默默觀察的，但昨天見面後，他發覺自己不能再坐視不管了，他希望林侑諺回到泳隊，高中歲月所剩不多的他們，也只有一起游泳才能填補課業壓力下的空虛。

「吼，你到底是來幹嘛的啊？」林侑諺好不容易掙脫了劉宇傑，便死命朝另一端游去。

「你的肩膀明明就沒怎樣，還在裝死。」劉宇傑追上去。

「醫生就說不能游了，不然你還想怎樣？」

「你如果游不過我，我可以讓你啊。」劉宇傑故意說道，也不確定自己的激將法用得對不對：

「反正你也沒贏過我。」

「誰說我沒贏過！」好勝的林侑諺立刻反駁，並停下來指著劉宇傑說：「而且你不要以為我傻，想用這招騙我回泳隊。」

兩人吵到這裡，薇薇忽然從中間冒出來，並用她那一貫的微笑說道：「不如我們來比賽吧？」

「蛤？比賽？」兩人都愣住，不懂薇薇怎麼無厘頭的拋出這句話。

其實薇薇也是靈機一動，她很清楚林侑諺現在面對的問題，她知道他還是喜歡游泳的，她想幫他突破的心結，回到學校的泳隊去。

「聽說你們從來沒用同一種泳姿決勝負過吧？」薇薇對著兩人說道，並朝劉宇傑深深一笑：「你知道嗎，侑諺的蛙式其實是很強的，只是他覺得很醜，不願意用而已。」

「啥？」劉宇傑頭上一個大大的問號，沒理解薇薇想表達什麼。林侑諺過去確實一直嘲笑他的蛙式，但他可不知道，林侑諺的蛙式很強？

「薇薇，妳在講什麼啊？」林侑諺臉都綠了。

薇薇朝他使了個眼色，要他相信她。她接著說：「你們一直以來都沒分出高下，誰也不服誰。但今天，同一個泳池，同一種姿勢，就以蛙式來決勝負！」

「林侑諺，你真的蛙式很強？」劉宇傑表示懷疑，他可沒見過林侑諺游蛙式。

薇薇趕緊附在林侑諺耳邊說道：「侑諺，你想不想靠著蛙式打贏他？」

林侑諺雖然對這句話充滿疑惑，但還是回答：「當然想啊。」用對方的拿手招式打敗對方，還有比這個更爽的嗎？

「但你會游蛙式？」

「會，但是游得很慢。」林侑諺誠實說道，越想越緊張：「這樣怎麼可能贏啊？妳有什麼法子？」

「只要你會游，那就沒問題了。」薇薇朝他眨眨眼，轉過頭去換對著劉宇傑說話。

就在林侑諺還一頭霧水時，他已經被趕鴨子上架，和劉宇傑各自在深水區的預備位置，準備一較高下了。他很愛面子，有意識到自己可能會出糗，若不是相信薇薇，真不可能答應比賽的。

或許薇薇有什麼超能力或魔法，能讓他游超快。如果能靠著蛙式打贏劉宇傑，那真是這輩子最風光的事了，他就早看劉宇傑很不爽了，這回兩人用蛙式決勝負，便再也沒有模糊的空間，誰強誰弱一看便知。

劉宇傑的態度倒和林侑諺很不同，他樂觀其成，早就想和林侑諺比一場，就算輸了那也不會怎樣，至少林侑諺肯游泳了。

在薇薇擔任裁判的狀況下，一聲喊下，兩人便向前游出。

其實市立游泳池是不能競泳的，但林侑諺是這裡的員工，大夥兒也就睜一隻眼閉一隻眼，今天的人又比昨天的少，空蕩蕩的泳池，來點喧鬧也無妨。

林侑諺知道這是比賽，自然不能輸，那種久違的使盡全力的感覺讓他腦袋亢奮，腎上腺素飆高，很久沒有這種快感了。

但他畢竟不擅長蛙泳，才剛開始，還沒有落後劉宇傑，他就已經覺得不妙了，手腳滑水部分都不如游自由式時熟悉。

「加油加油！」薇薇在池邊跟著兩人移動，向兩人打氣。

雖然游得不利索，但林侑諺卻始終沒有落後劉宇傑，他和劉宇傑幾乎是齊頭，看著他游得很賣力，林侑諺自己也由得很賣力，水花濺得到處都是。

林侑諺隱隱覺得有鬼，稍一分心，手腳慢了半拍，神奇的事發生了，他不但沒有停下來，反而超過了劉宇傑半個頭，並感覺到有股力量推著他的屁股，往前滑。

這是怎麼回事啊？

林侑諺偷看身旁的劉宇傑，假裝用力的游著，然後趁隙往後方一瞥，想弄清是什麼在給他力量，但卻無所發現。直到他抵達泳池另一頭，入水翻身準備游回原點時，才在水中看到了一個不尋常的東西——是一隻黃綠色的小青蛙，鈴鈴。

鈴鈴被他和劉宇傑翻身的水流給激得不停翻滾，但仍迅速平衡住身體，並依附在林侑諺的背後，用那肉眼不能分辨的小手，推住林侑諺的屁股。

真相大白了，原來是鈴鈴暗中在推動林侑諺前進，她們是蛙靈，最擅長的自然是蛙式，小小的身體，蹬起幾乎看不見的腿，竟然能給林侑諺帶來那麼大的力量。

回程的路上，鈴鈴推著林侑諺一度要超越劉宇傑很多，但在薇薇的暗示下，為了怕露出破綻，最後只有小贏劉宇傑半個身體的距離。

是林侑諺勝出。

「哇，好厲害哦。」薇薇拍著手，走到兩人身邊：「很精采的比賽呢。」

兩人坐在地上，氣喘吁吁，劉宇傑不可置信的看著林侑諺說：「喂，真想不到呢，竟然輸給你了。」

「……」林侑諺無言以對，轉頭想找剛剛幫他的鈴鈴，卻發現鈴鈴已經變回了人形，在泳池裡悠哉悠哉玩耍。

「你是怎樣啊，你游自由式我輸你就算了，為什麼蛙式還比我快？」劉宇傑推了林侑諺一把，納悶的問道：「該不會你根本沒有受傷，只是在進行祕密特訓吧？」

「哪有可能。」林侑諺趕緊說道，並心虛的解釋：「應該是你不熟場地吧，畢竟我在這裡擔任救生員，我也沒有贏你很多啦。」

「但贏了就是贏了啊，而且，」劉宇傑越想越不對，終於發現端倪：「欸，不是啊，你不是說你肩膀受傷，不能再比賽了？那我們剛剛比賽比假的喔？」

「……！」林侑諺心想糟糕，露餡了，他怎麼會忘了這點呢？

「喂，林侑諺，是怎樣啊，你根本可以比賽啊。」劉宇傑爬起來，想抓住林侑諺：「你這個大騙子，再裝病啊！」

「不不不，你聽我解釋。」林侑諺轉身就跑，他可不想又被搔癢：「等等，你聽我解釋啦！聽我解釋！」

館內當然不能奔跑嬉鬧，於是兩人又跳下池中追逐，折騰了好一會兒，直到氣喘吁吁才又上岸。

「我是真的……韌帶有受傷……」林侑諺無奈解釋道，腿痠到動不了：「但是醫生說，不能再從事激烈運動……」

「所以你是想告訴我，剛剛的比賽不算激烈運動？你沒盡全力？」劉宇傑越想越狐疑。

「唉唷，也不是那樣啦……」林侑諺埋怨的看向始作俑者，坐在遠邊微笑的薇薇，無奈之下，他只好據實以告，將其實只要轉換泳姿就可以再游泳的事，告訴劉宇傑。

劉宇傑聽完，並沒有指責林侑諺騙他，也沒有去懷疑剛才的比賽結果，他筋疲力盡，腦袋放空，只覺得真是太好了，林侑諺又可以游泳，又可以比賽了。

「啊你不是覺得蛙式很醜？」劉宇傑問道：「結果還游那麼快。」

「哼，醜是因為你游的，我游才不會。」林侑諺嘴硬的說道，其實贏得比賽他並沒有很高興，因為是靠作弊來的，但他卻有種舒坦的感覺，和劉宇傑之間的隔閡彷彿消失了，和泳隊鬧的彆扭也顯得可笑了，這一切，都是他自己心裡過不去。

他也沒有理由再去排斥蛙式了，先前嘲笑蛙式，只是和劉宇傑在鬧脾氣而已。現在都用這招游贏劉宇傑了，放棄自由式，改游蛙式，甚至去嘗試別的泳式，都不是什麼問題了。

「週三放學後有社團課，你回來吧，教練有事情要宣布。」劉宇傑提到。

「什麼事情？」

「運動會要分組的事情。」劉宇傑勾起嘴角，看出林侑諺的心境已經改變了：「就剩我們三年級沒有分組，你如果想和我游接力，禮拜一就來吧。」

林侑諺不說話，故作高傲，其實心底認真考慮著劉宇傑的話。

劉宇傑點到為止，他拍拍林侑諺的肩膀，讓他好好想想，然後就走到池邊，準備下水再游一趟來回。

不料他才剛走到一半，就被水中一沱高速移動的不明物體給嚇到。那東西活像沉在水底的貞子，以驚人的速度在水下移動，掠過池邊，然後往薇薇所在的地方游去。

「那是什麼啊?!」劉宇傑跌在地上，並揉揉眼睛：「人……人嗎？」

「呃，那是芙啦。」林侑諺趕緊說，他昨天也被芙給嚇到過：「她的肺活量很好，喜歡這樣游泳。」

「肺、肺活量很好？」劉宇傑無法理解。

接著劉宇傑又被另一個景象給吸引了，鈴鈴正在深水區中游得快活無比，活像海豚似的，恣意翻身，時不時向岸邊的老太太打招呼，然後一潛水又不曉得跑哪去了。

劉宇傑在乎的是她的泳姿，看似毫無章法，想去哪就去哪，但無疑是最標準的蛙式，切水的角度和蹬腿的方向都俐落完美，游出來的速度也十分驚人。

「那也是她們三姊妹之一吧？」劉宇傑指著鈴鈴說道，心中按捺不住雀躍：「是專業的泳者嗎？我去跟她會會。」

「欸，別啦。」林侑諺想喊住他，但腳卻痠到站不起來：「你別去和她亂說話喔！」

林侑諺在原地揉大腿，打算過一會兒就去關心他們，薇薇卻在此時牽著芙走了過來。

「芙，妳出水了啊？」林侑諺說道，暗自想著她到底能憋氣多久啊：「妳剛剛嚇到劉宇傑了啦。」

芙看著他，沒理他，又躲到薇薇身後。

「侑諺，看到你跟好朋友和好，真是太好了呢。」薇薇說道，並在林侑諺身旁坐下。

「他才不是什麼好朋友勒。」林侑諺嘟嘴說道：「而且薇薇妳也太多事了，突然說什麼要比賽。」

「我只是想幫幫忙嘛。」薇薇回答，進一步試探林侑諺：「侑諺也想回泳隊游泳吧？一個人不是很無聊嗎？我們蛙靈從不單獨行動，相信人類也是一樣，需要同伴。」

「我從來就沒有說不回去。」林侑諺嘴硬的說道：「只是我肩膀受傷了，心情也需要一點時間調適好嗎？」

「好好好，反正你的心頭大患，那個男生已經輸給你啦？」薇薇看著泳池說道，劉宇傑正在和鈴鈴比賽呢：「你不必再顧慮他啦。」

「我哪有顧慮他，而且我靠鈴鈴才贏的，也沒什麼好驕傲的啦。」林侑諺也看向泳池：「話說鈴鈴也太厲害了，是只有她游這麼快嗎？還是妳們都很強？」

這回鈴鈴已經沒必要放水了，正毫不手軟的游著，遠超劉宇傑，劉宇傑也沒放棄，而是緊緊在後頭追著，這五十米的泳池對他們而言真的不夠用。

「游泳是蛙靈天生的技能哦，誰都不可能在水中贏過蛙靈的。」薇薇說道：「但鈴鈴確實比大家都強，反應速度是蛙界一等一的。」

鈴鈴已經游到終點這端，眼看劉宇傑也將跟上來，這時薇薇身旁的芙卻忽然打了個噴嚏，在哈啾一聲後，掀起了狂風，掃蕩過半個館內，將櫃檯的傳單紙張全吹走，並激起水面陣陣漣漪。

眾人全愣住，不明白發生了什麼事，被吹倒椅子的救生員、和被吹得披頭散髮的櫃檯姊姊，這才慢半拍的用廣播告訴大家可能是空調壞了，並連忙安撫泳客情緒。

「哎呀，芙，妳怎麼打噴嚏不說一聲呀？」薇薇責備道，覺得給大家添麻煩了。

「芙，妳到底是怎麼回事呀？」林侑諺驚訝的問道，他開始認真想了解芙這個人：「妳的身體那麼小，為什麼能儲存那麼多空氣？」

「呃，這是她的特殊能力啦，從小我們就特別怕她打哈欠和打噴嚏呢。」薇薇解釋道：「在我們蛙界，有很少數的蛙靈擁有神奇的能力，芙就是，她不只肺活量很大，還能夠感知天氣。」

在薇薇說這些話的時候，芙一如往常般的沉默著，但林侑諺注意到她的反應和先前並不一樣，芙似乎出神了，正皺著臉望向外頭，看著一片雲緩緩飄來。

「芙，妳怎麼了？」林侑諺關心的問道。

「糟糕。」芙回答道，忘了自己不對外人說話，不小心脫口而出。但那櫻桃小嘴吐出來的，卻是低沈的聲音。

她一說完，立刻摀住嘴，羞紅了臉躲到薇薇背後。林侑諺記得這聲音的，原來真的不是他聽錯，芙的聲音真的是這樣。

但芙隨後又想起她剛發現的嚴重事情，立刻向薇薇報告，靠在她耳邊說話。

「什麼？」薇薇聽完也眉頭一皺：「妳說的真的嗎？」

芙點頭。

「怎麼了？」林侑諺好奇的問道：「發生什麼事了？」

「芙感知道先祖的存在了。」薇薇語重心長的說，並和芙一起看向外頭的天空：「有一場大風暴即將襲來。」

「啥？大風暴？」林侑諺問道。

「對，很大的風暴。」薇薇說道。

雖看外頭的天空還晴朗，微風徐徐，但這其實是暴風雨前的寧靜。芙剛剛的打噴嚏並不是鼻子癢，而是感知道了有什麼劇烈的天氣變化正在發生。

「妳們講的風暴是颳大風、下大雨嗎？」林侑諺不確定其中是否有什麼比喻。

「對，單純就是風暴的意思。」薇薇擔憂的說道：「小動物們要遭殃了，這麼大的雨和風，它們要躲去哪裡呀？」

林侑諺想到了什麼，便去置物櫃拿他的手機，他打開天氣預報，一看之下才有了驚人的發現：明後天，竟然真的有颱風要來，所謂的風暴，原來就是指颱風！

「哇靠，芙妳也太厲害了吧？竟然真的能預測天氣？」林侑諺稀奇的說道：「颱風才剛在海上形成而已，妳就知道囉？」

「人類都稱風暴為颱風嗎？」薇薇問道，一面記下來：「好奇怪的名字。」

「要夠大才會叫做颱風，而且颱風又分很多級。」林侑諺說道，雙眼卻是盯著芙：「但我不懂耶，颱風跟蛙靈先祖有什麼關係？難道蛙靈先祖會召喚颱風？」

薇薇很難解釋，她想了想後說：「對，也可以這麼想的，先祖的出現，總是伴隨著巨大的風暴。」

「所以妳們講的災難，就是指颱風囉？」

「對的，非常巨大的颱風。」

「原來如此！」聽到這裡，林侑諺恍然大悟了，原來蛙靈們口中的災難，就是指颱風啊！雖然不代表可以就此小覷蛙靈先祖，畢竟颱風也是很可怕的，但林侑諺對於所謂的災難是什麼，終於有了具體一點的認知了。

「芙可以感知天氣，所以可以感知道先祖的存在。」薇薇說道，一面呼叫還在池子裡的鈴鈴上岸：「我們一直在等待的就是這樣的線索和徵兆，現在終於出現了。」

「原來這就是芙在團隊中的作用呀。」林侑諺笑著說道：「她是唯一可以找到先祖的人吧？」

「對，所以芙以後註定會成為巫師。」薇薇說道：「比起占卜，她擁有更強大的能力，族裡的長老們十分看重她。」

「那接著妳們要怎麼找到蛙靈先祖？」林侑諺問道：「祂會在哪裡？在颱風形成的地方？」

「呃，這個還要等風暴來了才會知道。」薇薇自己也有些弄不清楚，她看著芙說道：「芙到時候會給我們指示的。」

這時，鈴鈴和劉宇傑都上岸了，他們玩得筋疲力盡，渾然不知剛才發生了什麼事。

「林侑諺，你這叫鈴鈴的朋友還真會游泳啊，不是蓋的勒。」劉宇傑開朗的說道，他和鈴鈴已經混熟了：「我懷疑她根本有職業選手的等級。」

「是你太弱～」

「哎唷，我看你也贏不了她啊，在那邊講。」

兩人鬥著嘴，薇薇卻將鈴鈴拉到一邊去，告訴她有關蛙靈先祖的事。三姊妹似乎想馬上走人，不願多做停留，畢竟她們來這裡的目的已經達成了，生命力已經被這裡的活水給補足了。

「你們要走了啊？」劉宇傑問道：「我都還沒和鈴鈴小妹游夠勒。」

「改天吧。」林侑諺說道，起身就和三姊妹準備去換衣服：「你也趕快回家比較好，明後天有一個颱風要來，等等可能會下雨。」

「咦？是喔。」劉宇傑笑道：「那禮拜三你會來嗎？社團。」

「不知道，可能會放颱風假勒。」林侑諺吊人胃口的回答道：「你就這麼想和我游哦？」

「誰想和你游，還不是因為三年級就剩我們兩個。」

「哼，那你就好好增進自己的實力，要我游的前提是不能輸。」林侑諺說道。

「你還真敢講。」

就這樣，林侑諺也趕緊換衣服去了。

想起剛才三姊妹憂心忡忡進更衣室的背影，他心中有股不安的預感，事情似乎沒那麼簡單。

第五章

「發生什麼事了，妳們怎麼那麼急著走？」出了市立游泳池後，林侑諺問道。

「風暴都要來了呀，有眼。」鈴鈴轉著圈圈說，意在享受最後的陽光：「曬太陽的時間不多囉。」

「颱風不是明後天才來嗎？」林侑諺反問。

「對呀，所以很緊急呀？」薇薇說道，顯得有些焦慮，裙下的小腿比平時走得要快許多：「我們要趕緊回『領地』，就是你家，做好準備。」

「什麼準備？」林侑諺還是聽不太懂：「防颱準備？」

「是呀。」薇薇歪著頭，他才不懂林侑諺的反應呢：「難道風暴要來，人類都不做準備的？」

對於蛙靈來說，颱風是非常可怕的災難，足以摧毀他們的性命。所以在颱風來襲前，他們都得鞏固家園，不管是儲備食物、築牆挖洞、安置老弱婦孺，缺一不可，有時得花上一個禮拜來準備。

聽完薇薇的說明，林侑諺才明白蛙靈和人類的差異，他說：「原來如此呀，但對人類來說，颱風的威脅其實沒有那麼大耶。」

「人類不怕颱風？」鈴鈴問道。

「以前的人類或許會怕，但現在的科技很發達，我們都住在水泥大樓裡，城市有完善的排水系統，遇到危險還可以叫警察，所以颱風的傷害降低很多了。」林侑諺認真說道，但他提到的專業字眼，連薇薇都聽不太懂了，更別提鈴鈴和芙。

「所以，你們現在都不提防暴風雨了？」薇薇難以理解，還記得數十年前她來人間時，也和長老們一起抵禦過蛙靈先祖帶來的風暴，當時的人類可不像林侑諺那麼從容。

「呃，還是要做好防颱準備啦。」林侑諺很難解釋，便問：「所以妳們急著回家，就是為了颱風？」

「對呀，要準備食物，還要鞏固門窗。」薇薇說道：「否則『領地』被破，要阻止先祖就更困難了，保衛『領地』也是很重要的。」

「好的，我明白了。」林侑諺聽懂了她們擔心的點，便決定用實際行動來消除她們的疑慮：「那我們就來做防颱準備吧，好好保護我們的家。」

林侑諺也忘了自己有多久沒有做過防颱準備了，只記得小時候跟著父母，曾經在老家一起堆過沙包，那是段模糊的記憶，現在也想不起來幾分。

但防颱工作要怎麼搞，他還是有點概念的，第一站，他帶著三姊妹來到超商，買了些儲備乾糧。礙於預算嚴重不足，他們只買了一大包泡麵和一打罐頭，鈴鈴哀求著想買的那些五顏六色的糖果和巧克力，一樣都沒買。

而在返家以前，天色已經改變，明明才下午而已，光線卻驟然轉暗，風呼呼的颳著，東邊有零星的灰雲出現。

那些灰雲雖不如黑雲壓頂那樣的令人怵目驚心，卻反而給人一種風雨欲來、惴惴不安的忐忑感。

「到家了。」林侑諺帶著三姊妹回到家裡，稍早他父母已經推著攤車出去擺攤工作，他妹妹也和朋友去看電影，家裡又只剩他們三個了。

這正好，林侑諺放好了泡麵和罐頭，就開始進行一場讓三姊妹安心的防颱工作。

「首先檢查妳們很在意的門窗。」林侑諺找到了家裡的膠帶，然後來到客廳，只著窗戶說道：「把玻璃從中間貼個叉叉，可以增加它抗風的強度。」

「真的哦？」鈴鈴問道，伸手就想接過膠帶，她對膠帶是比較有興趣的：「這個黃黃的東西可以增加硬度？」

「對，它叫膠帶，可以黏東西。」

「哎，真的黏黏的。」鈴鈴將膠帶扯出一大圈，然後驚嚇的甩著手想甩掉。

林侑諺將貼膠帶的工作交給鈴鈴和芙，接著就帶著薇薇在屋子裡繞一圈，然後上二樓和三樓，檢視其他地方。

「這裡以前都會漏水。」林侑諺指著天花板說道：「但前陣子被我爸修好了，所以不必擔心。」

「哦哦。」薇薇點點頭，不知道該說什麼。

「很好奇妳們在蛙界都住得怎麼樣，妳們是住什麼房子？茅草屋？稻草屋？逐水草而居？」林侑諺幻想著各種狀況：「應該不可能是水泥屋吧？」

「我們那一帶的族人都住在山洞裡。」薇薇說道：「但一旦有風暴來，我們會遷徙到一個由乾木頭搭成的屋子，因為原本的山洞太靠近水源了，會有可能淹水。」

「原來如此。」林侑諺點點頭，接著指著房子說：「那妳不覺得我們的房子很堅固嗎？」

「嗯嗯，是很堅固。」薇薇表情複雜的點點頭，她這才了解為什麼林侑諺不做防颱準備，仔細看過房子後，她發現這裡幾乎是個堡壘，銅牆鐵壁的，除了沒有活水外，儼然是個完美的「領地」。

「難怪人類都住這種房子呢。」薇薇感慨的說道，她覺得水泥房子很醜，原先以為人類只是缺乏美學，現在才知道還有安全考量：「人類其實也挺厲害的。」

防颱工作，基本上就這麼搞定了，忙著忙著，林侑諺才想起四人都還沒吃午餐，於是將計就計，將剛買來的泡麵拆一拆，燒開熱水，就地處理。

「好吃！」鈴鈴吃了一口泡麵，激動無比的說道：「沒想人類的乾糧這麼好吃！」

「人類不用燒柴就能有熱水，這也很厲害呢。」薇薇說道。

「……」芙則依舊不發一語，默默吃著自己的麵。

林侑諺看著芙，藏在心底已久的一個問題，終於想問了。他悄悄靠在薇薇耳邊問道：「芙到底是男生還是女生？」

薇薇差點嗆到，但還是優雅的放下手中的泡麵說：「為什麼這麼問啊？」她臉上三條線。

「其實我聽過芙的聲音了。」林侑諺回答：「是男生的聲音。」

「呃……」薇薇尷尬的笑著，這下，芙的祕密果然被林侑諺發現了。她看了看芙，藉由眼神大致上和她溝通一下，然後決定全盤托出：「對，芙之所以不說話，就是因為她的聲音很低沈，這是天生的，但她並不是男生，她是貨真價實的女孩子。」

說這些話的時候，芙一直維持鎮定，低著頭吃泡麵，她願意讓林侑諺知道這些事，已經是她最大的善意了，代表她已經信任了林侑諺。

「哈哈，芙一直很自卑耶。」鈴鈴白目的拍著芙的背說道，被她瞪了一眼：「從小她就不敢跟別人說話，只有我們能聽到她的聲音。」

「會這麼低沈，是不是跟她的超能力有關係？」林侑諺猜測道：「芙的肺活量那麼大，能吸那麼多空氣，說不定就是因此把她的聲音帶低的。」

「有可能。」薇薇點頭道：「長老也是這麼說的，因為越長大，她的能力變得越強，聲音也越低了。」

芙噘著嘴，顯然十分討厭這個缺點，討厭自己的聲音，林侑諺看到她臉色變得越來越臭，趕緊說：「也還好啦，聲音是妳的特色呀，現在有很多人喜歡這種反差耶，長相甜美的可愛美少女，一開口竟然是男兒身，超多人喜歡的，當網紅做直播就能賺很多錢。」

「啥？天底下有這種事情？」鈴鈴表示懷疑，雖然不知道網紅和直播是什麼東西。

「真的呀，她們的工作就是男扮女裝討大家歡心，然後就能賺很多很多錢。」

「人類的口味未免也太重了？」這話說得三姊妹都目瞪口呆，鈴鈴納悶的問道：「聲音很低也有人喜歡喔？」

「對呀。」

「但芙她不是男扮女裝欸。」薇薇趕緊澄清：「芙只是聲音和別人不一樣。」

「我知道啦。」林侑諺說道。

防颱工作，就這樣糊里糊塗的完成了，颱風還沒來，泡麵就先吃掉了一半。

重點是，大夥兒辛辛苦苦貼的膠帶，卻在林侑諺的妹妹回來後，全部被拆掉了。林妹妹義正嚴詞的說，玻璃貼膠帶可以防風完全是謬誤，學校老師有教過，貼膠帶反而會讓玻璃受力不平均，使玻璃更容易碎掉。

林侑諺頭一次聽到這種事，他這才知道，原來新聞上播的、照片裡看到的都是偽科學，是人云亦云的錯誤。

※ ※ ※

隔天，週一，林侑諺到學校上課，將三姊妹留在家裡，他信任薇薇，把房子留給她們當「領地」使用，薇薇夠聰明，應該不至於被他的家人發現。

颱風真的來了。

因為蛙靈先祖的事，林侑諺整天的課都心不在焉，一直盯著窗外看。從上午開始天空就烏雲密布，還下起毛毛雨。

這次的颱風只是中度颱風，新聞並沒有特別著墨，大夥兒也只是期待著放颱風假，只有林侑諺特別關心，還婉拒了同學們的唱歌邀約，打算放學後就立刻回家。

薇薇她們不曉得怎麼樣了，找到蛙靈先祖了嗎？有辦法阻止祂嗎？颱風真的是祂召喚來的嗎？

林侑諺準時在五點半回到家，卻發現薇薇和鈴鈴都不在，只有芙一個人顧家。

芙獨自坐在客廳觀賞花瓶裡的花，看樣子家裡沒人已經很久了，否則以她害羞的個性，應該會待在林侑諺的房間裡不出來才對。

「她們呢？」林侑諺放下書包問道。

芙故作鎮定的坐在沙發上，不說話，顯得很緊張。

「對哦，都忘記了妳不能說話。」林侑諺笑著說道：「那妳只要點頭或搖頭就好，她們去找蛙靈先祖嗎？」

芙點頭。

「就留妳一個人顧家?從早上到現在嗎？」

芙搖頭。

「下午才出去？」林侑諺再問。

芙點頭。

「那妳吃午餐了嗎？」林侑諺問道，不等芙回答，就從書包裡拿出一個袋子：「我有買一些麵包，妳吃吃看吧。」

芙的精神看起來不太好，嘴唇有些乾裂，林侑諺以為她沒喝水，便倒了杯水給她，也將麵包拿出來，放到盤子上要讓她吃，沒想到她只是搖搖頭，指著窗外，表示既不餓也不渴，只是在等姊姊們回來。

林侑諺越看越不對，這才想到蛙靈們需要每天到市立游泳池補水，顯然今天都還沒補水，芙的神色才會這麼糟糕。

「她們晚餐前會回來？」林侑諺問道。

芙不搖頭也不點頭，似乎不確定。

林侑諺正考慮著要不要先帶芙去游泳池，門鈴就在此時響起來。

「啊，應該是回來了。」他趕緊去開門，接著才想到，薇薇和鈴鈴不可能按門鈴才對。

門一打開，不是薇薇和鈴鈴，也不是他妹或他爸媽，而是一個陌生的男人。

「你好，我是瓦斯公司的，颱風要來了，我來保養瓦斯管線的。」對方說道。

「瓦斯管線？」林侑諺表示疑惑，是他爸媽叫來的嗎？

見對方穿著工人服，還拿著梯子，林侑諺沒有多想什麼就放對方進來了。

對方脫下鞋子，詢問了廚房的方向，然後拿著梯子就走過去。客廳中的芙早已跑得不見蹤影，活像怕生的貓一樣，讓外人連見她一眼的機會都沒有。

「是我父母叫你來的嗎？」林侑諺跟著到廚房，向他問道。

「不是喔，我們是自發檢查。」

「原來如此，謝謝你。」

林侑諺並沒有察覺到異狀，他看著對方在廚房走來走去，接著又到陽台檢查熱水器。對方拿出了螺絲起子和一個鐵做的管子，在瓦斯管線的交會處敲敲打打，並拆下原本的零件，換上新的。

「你家的瓦斯開關壞掉了，很危險啊。」對方說道，收起了工具，向林侑諺解釋：「要是颱風來，漏氣很容易引起火災的。」

「哇，真的嗎？」林侑諺著急的說道：「還好你有來檢查。」

「對啊，那我這邊要跟你收一下費用。」對方搓搓手，回到客廳說道：「總共是三千五。」

「蛤？」林侑諺一聽傻了，他哪有那麼多錢：「什麼費用啊？為什麼這麼貴？」

「到府維修費加上器材費。」對方回答，並不忘強調：「那個開關很容易壞的，要是我今天沒來，你家就倒楣了。」

「等等，不是你自己來的嗎？為什麼有到府維修費？」林侑諺並不傻，他追問道：「而且那是什麼器材呀？也太貴了吧？」

「瓦斯開關就是這個行情，我還有下一家要檢查，先跟你收一下費用。」對方催促道。

林侑諺根本沒那麼多錢，皮夾的現金湊一湊，加上昨天跟媽媽拿的零用錢，也只有一千塊而已。

再說，瓦斯開關真的有壞掉嗎？竟然需要花到三千多塊？

林侑諺隱隱感覺有鬼，便回到陽台，看看到底被換掉了什麼東西，沒想到對方也跟了上來，而且他人高馬大的，又有落腮鬍，給人一股壓迫感。

「好了沒？下一家在催促了。」對方不耐煩的說道。

林侑諺蹲下來，假裝在檢查瓦斯開關，實則心裡整個慌了起來。他突然想起電視有報導過的「瓦斯詐騙」，都是歹徒趁著颱風天，找上家裡沒大人的住宅，藉口說要更換零件，向老人或小孩收取數千元不等的金額。

實際上那些瓦斯零件根本沒壞，成本也很便宜，現在的狀況儼然跟電視上報導的一模一樣，想到這裡，林侑諺頓時冷靜了下來，反正無論如何他都不會付三千五的，他得想辦法應付這個人。

「可是我沒那麼多錢欸。」林侑諺蹲著說道，不太敢回頭，只是斜眼瞄他：「你要不要等我父母回來。」

「沒那麼多錢？」對方的語氣明顯不悅了：「連三千五都沒有？」

「就真的沒有呀。」

「你隨便拿幾樣東西來湊一湊總有吧，手錶？金飾？不然去領啊！」對方連裝都不裝了，語氣儼然像在搶劫，說得很大聲：「啊修東西不用錢喔，年輕人不要太白目。」

「就說等我父母啊。」林侑諺害怕極了：「不然我要叫警察喔。」

「叫什麼警察？」對方走向前來，見家裡就只有林侑諺一個小孩子，霎時眼露殺氣，抓住他的手：「去把你錢包拿來。」

「我不要！」林侑諺掙扎反抗，但對方力氣巨大。

「快點，走！」對方將他拉起來，掐著他的手臂和後頸，拖著也要將他拖出去。

「不要啊啊啊啊！你到底要幹嘛！」

對方拉著他到客廳，東看西看才想找值錢的財物，就聽二樓深處忽然傳來男性的聲音：「喂，現在是在吵什麼啊！」

那聲音低沈渾厚，令人聞之生畏，彷彿能見到一個彪形大漢在不爽，因為午睡被吵醒而大發雷霆。

「你家還有其他人？」修瓦斯的落腮鬍男問道，渾身的銳氣頓時少了一大半。

「呃……」林侑諺自己也很疑惑。

「現在是怎樣，不要逼我下去喔！」二樓再次傳來聲音，簡潔而粗暴。

「你爸爸在家也不說，」落腮鬍男縮了一下，立刻放開林侑諺，額頭都冒汗了：「你爸是流氓啊？那麼兇要死……」

「你才是流氓，修個開關跟搶錢一樣！」林侑諺故意大聲說道：「爸，快下來，家裡有奇怪的人！」

落腮鬍男嚇到了，趕緊收拾工具箱走人，什麼三千五的也不收了，剛才還一副盛氣凌人的模樣，此刻卻像喪家之犬般落荒而逃。

「快點走，我報警了！」林侑諺趕緊關上門，並對著外頭喊道：「敢再來試試看！」

嘴上雖然在嗆聲，但他其實怕得要死，真的差一點就被搶劫了，說不定還會有生命危險，幸好最後化險為夷。

至於那個幫他的聲音是誰，他已經知道了，畢竟家裡只有他們兩個而已——芙探著小小的身子在樓梯口打量，十分擔心林侑諺的安危。

「芙，妳可以出來了，他走了。」林侑諺說道，朝她招手：「好險有妳呀，嚇死我了。」

芙戰戰兢兢的走下來，直盯著門口看，深怕威脅還在。剛才就是她救了林侑諺，用那低沈的聲音嚇退了不速之客。

「你沒事吧？」芙小聲的說道：「你的手受傷了。」

「只是勒痕啦。」林侑諺揉揉手腕，新奇的說道：「嘿，妳對我說話了耶，這是第一次我們說話耶。」

「……」芙無言以對。

「好啦好啦，我知道妳不喜歡讓別人聽到妳的聲音。」林侑諺笑著說：「妳點頭搖頭就好了。」

「沒事。」芙凝視著林侑諺說道，已經信任了眼前這個人，願意和他交談：「剛剛那是誰呀？為什麼你讓他隨便闖進你的家中呀？」

林侑諺很難解釋，但還是盡力對芙說明。令他哭笑不得的是，假如不看芙的臉，他會以為自己是在跟一個大叔聊天呢，芙的聲音實在是太有磁性了，還很兇，難怪能嚇跑剛剛的騙子。

這小小的插曲，讓颱風變得也不是那麼沒威脅了，總有人會趁虛而入，打著颱風的名義賺取災難財。林侑諺算是學到了一課，以後絕不能隨便讓人進來修瓦斯、修水表。

一直到晚上九點多，薇薇和鈴鈴才回來，而林侑諺和芙已經吃了晚餐，林侑諺的妹妹也回家了。林侑諺的父母則依然在擺攤工作，在家的時間並不固定，但今天應該會提早回來，因為颱風就要來了，林侑諺特別發訊息提醒過他們。

「妳們跑去哪裡呀？怎麼一個下午都不見？」在林侑諺的房間裡，林侑諺向薇薇和鈴鈴問道：「妳們吃了嗎？還有該補充的活水，補充了嗎？」

她們看起來很疲憊，拿著林侑諺給的毛巾擦頭髮，若不是面臨了酸雨的威脅，可能還會更晚回來。

「別擔心，我們兩人該解決的溫飽和生命力都解決了。」薇薇說道，接著回答一開始的問題：

「我們去探勘周圍的地形，尋找大山大川，那是蛙靈先祖可能出現的地方。」

「結果、結果，你們人類竟然把所有的小河小溪都填了！」鈴鈴隨後說道，顯得義憤填膺：「只剩兩條超級臭的臭河，我就很不懂，那你們喝的水從哪裡來？」

「呃，這說來話長啦。」林侑諺回答，三姊妹再待下去，恐怕會發現更多人類荒謬的事吧：「但妳們怎麼不帶芙一起去。」他問。

「我們只是去探勘的，要有一個人待在『領地』比較好。」薇薇說道：「而且這次的風暴只是先祖在試水溫，所以我們也沒必要三人都出動。」

「試水溫？」林侑諺彷彿聞到什麼怪東西，疑惑的問道：「還有試水溫的啊？」

「有啊，我們在探勘先祖，先祖也在探勘我們。」鈴鈴得意的說道，覺得自己的見解也能跟上薇薇了。

「那試完水溫祂還會做什麼？召喚地震？閃電？還是隕石？」林侑諺好奇的問道，腦中的蛙靈先祖已經是瘟神的模樣。

「還會有下個風暴。」芙在此時說道，低沈的聲音壓過眾人的討論：「這場風暴過後，還會有一場更大的風暴。」

眾人霎時鴉雀無聲，直到幾秒後，薇薇才尷尬的問道：「芙，妳怎麼在侑諺面前說話了？」

「哦。」林侑諺趕緊替芙解圍：「我們變成好朋友了。」

「好朋友？」薇薇驚訝的笑著：「真的？」

「對啊，今天發生一件超可怕的事欸，但等等再告訴妳們吧，妳們沒發現芙說了很重要的事嗎？」林侑諺回答道：「這個颱風過後，還有另一個颱風欸！」

「對啊。」鈴鈴歪著頭：「我們早就知道啦，芙早上就預測到了，然後告訴我們，所以我們才出去探勘呀。」

林侑諺打開手機翻著網路新聞，得出驚人的結論：「所以，芙比天氣預報還要準？到目前為止都還沒有下一個颱風的消息耶！」

三姊妹不知道什麼是天氣預報，也就回答不上來，薇薇想了幾秒才說：「芙也說了，眼前這場風雨只是前哨戰，先祖還沒真正發威，我們必須先做足準備，才能面對接下來的風暴。」

今夜是颱風最接近的時刻，窗外雨勢漸大，玻璃被吹得咔咔作響，可以想見在幾個小時後，將有狂風暴雨肆虐。但這只是前戲而已，蛙靈先祖還沒現出祂的真面目。

四人站在窗前看了好久的風雨，直到夜深了才入睡。

第六章

週三是例行的社團課時間，但林侑諺的泳隊其實每天都有活動，放學後會在泳池集訓練習。

林侑諺按照和劉宇傑的約定，帶著泳褲，重新來參加社團課了。今天教練會宣布重要的事情，不意外的話，就是要排定運動會的出賽名單了。

「侑諺學長，你的傷好了？」

「學長，你也太久沒來了吧！」學弟妹向他問好。

泳池還是一個樣，林侑諺東看西看，卻沒有看到劉宇傑的身影。劉宇傑通常會在泳池的外道和學妹聊天哈啦的，因為在教練出現前，內泳道是不能用的。

林侑諺換好了泳褲，坐在椅子上等，一直等到教練出現，都沒有看到劉宇傑身影。

現在是怎樣啊？叫我來，結果自己放鴿子？林侑諺有些不開心。

「下下禮拜就是運動會了，你們都決定好自己要游哪個項目了？」教練問道，穿著紅色泳褲清點人數，手上拿著一塊板子：「林侑諺，來了啊？」他看到了林侑諺，點點頭說道，並沒有表現出特別的情緒，接著繼續點名：「劉宇傑，劉宇傑在哪？」

「沒來。」林侑諺攤手說道。

「嘖，明明就說今天要排名單了，還蹺課。」教練皺眉說道：「還有誰沒來？說一下。」

看來，教練也不知道劉宇傑為什麼沒來，明明今天就是很重要的日子。

林侑諺沒有多想，逕自就替他和劉宇傑報名了三年級的接力賽，代表社團校隊和學校其他班級比賽。

颱風已經遠去了，今天卻還有些風雨。林侑諺在池子裡練了幾次蛙式，再游他最拿手的自由式，感受肩膀的變化，然後確定，他往後要比賽，恐怕真的只能用蛙式了。

社團課結束後，林侑諺用手機傳訊息給劉宇傑。

劉宇傑，你在哪？為什麼沒來參加社課？

劉宇傑卻沒有回應，一直到林侑諺回家，都沒有看到他已讀。

若是平常，林侑諺可能就這麼算了，但此刻林侑諺卻覺得怪怪的。他趕緊再去看劉宇傑的ＩＧ等社群軟體，發現他最後上線的時間，已經是一天前的事情。

「詭異。」林侑諺碎念道。

「怎麼了？」薇薇問道。

「那個劉宇傑啊，跟我約好禮拜三要來社課，結果自己沒來。」

房間裡，林侑諺在書桌上吃晚餐，薇薇拿抹布替他整理房間，鈴鈴和芙則坐在床上，擺弄著床頭櫃的公仔玩。

這個時間，林侑諺的妹妹已經回來了，三姊妹只能躲在房間裡。今天還零星下著雨，三姊妹沒有出去，只有在中午時自動自發到市立游泳池補了一下活水。

「噢噢噢。」林侑諺看著手機，突然叫道：「今天連學校都沒去！」

「誰呀？」鈴鈴也被引起興趣，走了過來探頭看。

「劉宇傑呀，」林侑諺專注的盯著手機看，眉頭皺起來：「等等，我在和他同學聊，好像出什麼事了。」

原來是昨晚的颱風，讓劉宇傑住在花蓮的奶奶失蹤了，建在半山腰的房子被土石流整個淹沒，同村還有許多人家也遭殃。

劉宇傑一家人天還沒亮就趕到花蓮去，劉宇傑只簡單用一通電話向老師請假，接著就音訊全無。聽說警察已經封鎖了整片區域，全力進行挖救。

「天呀。」林侑諺捂住嘴巴：「竟然這麼嚴重。」

「怎麼了？」薇薇和鈴鈴都很關心。

「那個劉宇傑的奶奶被土石流沖走了，現在人還沒找到。」林侑諺擔憂的說道，心情很複雜，他所看輕的這場颱風，竟然真的造成傷亡了。

「土石流？」薇薇思考著這個詞：「是夾帶土石的洪水嗎？」

「對。」林侑諺點頭說道：「那很可怕的，會把人活埋。」

「那就沒錯了，咦，但要有土石流就得有大山呀？」薇薇不解的問道：「劉宇傑的奶奶是住在哪裡？我們找遍這附近也沒有找到大山，哪來的土石流可以傷人？」

「不是在這裡，是在很遠很遠的地方。」林侑諺回答：「那裡沒什麼房子，很偏僻，周圍都是大山。」

「都是大山?!」三姊妹異口同聲說道。

「那就是我們要找的呀！」鈴鈴激動的說道：「先祖就是從山的那頭來的。」

「比起大山，土石流更是找到先祖一個很重要的依據。」薇薇認真的說道：「先祖會針對那些脆弱的山峰發動攻擊，釀成泥漿般的洪水，殺人於數百里之遠。」

「有眼，能帶我們去你說的那裡嗎？」鈴鈴問道。

「蛤？妳們是認真的嗎?!」林侑諺傻眼，望著三姊妹，有點無所適從：「那裡可是花蓮耶，坐車要做好幾個小時才會到，怎麼可能說去就去呀！」

「我們沒有太多時間準備。」薇薇語重心長的說，並望向芙：「芙已經做出預測，這波雨勢退去後，先祖將在幾天之內御駕親臨，到時的風暴就不是這次可以比擬的。我們必須到你說的花蓮去，找出阻止先祖的方法。」

「可是、可是……」林侑諺被說急了，總覺得有哪裡不太對：「妳們怎麼能確定先祖會從花蓮來？說不定還有其他地方也發生土石流呀？」

「例如哪裡？」薇薇問道。

「我……我哪知道啊！」林侑諺趕緊拿出手機看，突然覺得三姊妹很不靠譜，便放下手機說：「妳們不覺得妳們都走一步算一步嗎？今天我要是沒提到花蓮，妳們根本就不知道有花蓮呀，妳們這樣是要怎麼阻止蛙靈先祖？完全像無頭蒼蠅在亂走欸。」

「才不是無頭蒼蠅！」鈴鈴反駁道。

薇薇卻明白林侑諺的意思，便說道：「阻止先祖這件事，我們本來就沒任何頭緒，長老們也沒有，當初之所以派我們三個來，是巫卜決定的，我們和你相遇，不也是冥冥之中註定嗎？」她說得很玄：「今天你提到花蓮，劉宇傑也去也去了花蓮，我想都不是巧合。對蛙靈來說，任何事情的發生都有其意義，劉宇傑是除了你以外，我們唯一認識的人類，他往花蓮去了，我想是一種指引。」

「是嗎？」林侑諺並沒有被說服，越想越納悶：「但如果妳們要找大山大河，為什麼一開始會出現在這種大城市？」

「巫卜決定的。」薇薇淡定的回答。

「又是巫卜，那上次妳們是怎麼阻止先祖的？」林侑諺再問：「而且蛙靈先祖到底是什麼？我到現在還是不懂。」

「上次我們並沒有阻止先祖，失敗了，記得有告訴過你。」薇薇說道，並嘆息：「先祖就是先祖，我也說不清祂是什麼，但你很快就會知道了，祂會挾著巨大的風暴而來。」

「你找到哪裡還有土石流了嗎？」芙在此時問道，用那低沈的聲音。

林侑諺趕緊在低頭看手機，翻了又翻，這下尷尬了，除了花蓮外，真沒有在哪裡還發生土石流的。

「好像……真的就只有花蓮。」林侑諺悶悶的說道。

「花蓮在哪個方向？」芙接著問。

她的表情嚴肅，似乎有什麼想法，林侑諺不敢怠慢，立刻打開窗戶，透過手機衛星地圖和窗外景色比對，然後指著對面一棟大樓：「就是那個方向，一直延伸過去就能到花蓮了。」

芙站到椅子上，凝視著那棟大樓，接著閉眼沉思：「南南東再偏東四個角，和先祖來的方向很接近。」

「真的？」薇薇聽了很興奮：「所以往花蓮是對的？」

「妳可以憑空辨認方位呀?!」林侑諺驚訝的問道，十分出戲：「也太厲害了吧！」

芙不理林侑諺，她望著薇薇回答：「我覺得要去看一下比較好，那個花蓮，尤其是土石流的地方。」

「你覺得呢，侑諺？」薇薇問道：「芙都這麼說了，你可以帶我們去花蓮嗎？」

「呃……」林侑諺陷入了遲疑。

花蓮，這怎麼可能啊！

那麼遠欸，而且他明天要上課，就算是為了全人類著想，要阻止蛙靈先祖，但他也沒有錢呀，四個人搭車的錢少說也要兩千塊，他上哪兒去找？

他媽不會再給他零用錢了，前幾天才剛給過而已。

「我……不太行欸。」林侑諺老實說道：「我還是學生，我爸媽不會讓我去花蓮的啦，學校要請假也很困難。」

「這樣啊。」薇薇顯得有些失望：「那我們得自己想辦法了。」

「妳們真的要去花蓮？」

芙堅定的點頭，薇薇便說：「芙認為要去，所以就要去，那是一條很重要的線索。」她接著說：「不然侑諺，你幫我們整理去花蓮的情報，我們會自己搞定的。」

「這樣啊……」

林侑諺心中有萬分無奈，不是他不想去，是不能去呀！

這事到了晚上出現轉機，林侑諺傳給劉宇傑的訊息被已讀了，卻沒有回覆。

他又傳了幾次，都是瞬間被已讀，但完全等不到回覆。

「幹嘛啊，已讀是什麼意思？」

他按捺不住擔心，決定打電話，打了幾次都有響鈴，但是沒人接。

你幹嘛不接電話啊！

林侑諺再次傳訊息，而對方，竟又是瞬間已讀。

這激起了林侑諺巨大的擔憂和恐慌，莫不是劉宇傑發生什麼意外了吧？

他們傳訊息的軟體Line，是來自於日本，林侑諺清楚記得，當初發明已讀功能是為了因應日本的大地震。當災難發生時，有許多人遭逢意外無法動手回覆訊息，但卻能讀到訊息，「已讀」就是為了安撫受難者的家屬，代表受難者還活著，並且能打開通訊設備看訊息。

「劉宇傑，該不會發生了什麼事？」林侑諺焦急的說道，想像著劉宇傑可能被活埋在土石底下，便轉而向其他朋友詢問。

他問了好多人，包括劉宇傑的哥哥，但都沒有得到回覆。

或許對方都在忙，劉宇傑的哥哥也在忙，一家人正在花蓮尋找奶奶，所以才沒辦法馬上回覆他，但林侑諺很沒有安全感，他繼續傳訊息給劉宇傑，劉宇傑都是瞬間已讀。

「擔心的話，就和我們一起去找他吧。」這時，薇薇說道，她在一旁已經看了許久。

「開什麼玩笑，花蓮耶。」林侑諺不開心的說：「而且我沒有很擔心，我只是覺得奇怪。」

「覺得奇怪的話，就和我們一起去找他吧。」薇薇故意換了個說法，她知道林侑諺愛面子，便微笑道：「我知道你有很多困難，但我也相信你能排除那些困難，跟我們一起去花蓮。」

「切，妳只是想要我帶妳們去吧？」林侑諺不客氣的說道。

「遵從你的心吧。」薇薇說道，想起林侑諺不是第一次鬧彆扭：「你有一整晚的時間可以考慮，我們會等天亮才出發。如果他真的發生什麼危險，會希望你這個好朋友去救他的。」

哼，真是想太多了，要是有危險，我去也沒用啊，警察早就在現場了。

林侑諺在心底默默想道，但並沒有回話。

這事讓他整晚輾轉難眠，半夢半醒間，他始終守著手機，只盼聽到一聲「叮咚」，是劉宇傑的來訊。

但一直到早上都沒有任何消息，清晨四點半，他醒來了，足足比平時早了一個半小時。

他盯著手機上那「已讀」的字樣，心中已經沒有雜念，他要去找劉宇傑，想知道他到底發生了什麼事，他奶奶怎麼了。

他得去找他才行。

※ ※ ※

晨曦微露，林侑諺背上書包，裝了些皮夾、雨傘、手機充電器、行動電源等等的重要東西，然後領著三姊妹出發了，他們要搭乘早班火車前往花蓮。

他跟妹妹借了點錢，而且也帶上那個裝水的空碗，打算讓三姊妹變成小青蛙躲在裡面，這樣就只要買一人份的車票就好；等會兒他再打電話向導師請假，搞定學校那關，放學時再跟父母說要住同學家，今晚不回去，如此一來就萬無一失了。

薇薇說的沒錯，只要有心，那些困難都不是困難，只是藉口而已。但林侑諺還是覺得自己很瘋狂，竟然這麼魯莽，來一場說走就走的遠行。

「哇，人類的這個鐵車子為什麼能這麼快呀？」火車上，鈴鈴將鼻子貼在窗戶說道，新奇的看著外頭的景色：「快到都看不清楚耶。」

「這個叫火車，是用電力驅動的。」林侑諺耐心解釋。
「既然叫火車，為什麼不是用火驅動的？」
「呃，以前是用燃煤的啦。」
「燃煤是什麼？」
林侑諺講不下去了，只得笑著作罷，要讓蛙靈理解人類的世界可真不容易。
四人已經坐上了前往花蓮的火車，三姊妹原本躲在碗裡的，但林侑諺看車廂裡沒幾個乘客，驗票人員也不見蹤影，便將她們放出來透透氣。
相較於鈴鈴的興奮，薇薇和芙都顯得很嚴肅，她們坐在前面的位置上，凝視窗外，很清楚自己的任務。薇薇有一種預感，她認為這趟去花蓮就不會回來了，她們將在那個地方和蛙靈先祖一決死戰。
「劉宇傑有聯繫到了嗎？」薇薇關心的問道。
「還是沒有。」林侑諺沉重的盯著手機：「不曉得在搞什麼鬼，電話也不接。」
「等到了花蓮就知道了吧？」薇薇勸他別太過擔心：「或許沒消息就是好消息，倘若發生什麼壞事，應該會傳回來的。」
「說的也是。」
林侑諺其實不知道劉宇傑的奶奶住哪裡，但他知道發生土石流的地點，就在花蓮縣秀林鄉一座叫誠心山的地方，也就是頂頂有名的太魯閣大峽谷附近。

要到太魯閣他們還得轉搭公車，但看新聞說，土石流將公路都沖垮了，聯外道路全都封閉，即使到了花蓮也不曉得該如何去找劉宇傑。

「除了用那台長方形的發光機器，還有其他方法可以聯絡劉宇傑嗎？」薇薇問道，意指林侑諺的手中的手機，她到現在還是不知道那是什麼神奇的東西：「很好奇如果人類沒了那台機器，都怎麼找到彼此？」

這話讓林侑諺心裡一震，是呀，在沒有手機的年代，人們都怎麼聯絡彼此的呢？他尋找劉宇傑的方法始終繞圍繞手機打轉，不是傳訊息給他，就是傳訊息給他哥哥，但假如那邊訊號不好，電子設備失靈，想當然耳怎麼樣都等不到回覆。

「沒手機的年代……」林侑諺苦惱的想了想：「我們就是透過地址找到彼此啊，或是工作地點。」

「那劉宇傑的地址或工作地點在哪裡？」鈴鈴插話道，想幫上忙。

「哎，他是學生啦，沒有工作地點，而且也不知道他奶奶的地址。」林侑諺回答：「不過花蓮的人很少，或許我們可以挨家挨戶去問，從土石流附近的村莊，應該問得到。」

「那很好呀，這不就是方法了嗎？」薇薇笑道，蛙靈是很腳踏實地的，她不覺得挨家挨戶有什麼困難，反倒是林侑諺又開始擔心起奇怪的問題，他覺得去按門鈴打擾別人很丟臉。

幾個小時後，他們終於抵達花蓮，在預定的地點下車。

花蓮向來是度假聖地，此刻的車站周圍卻瀰漫著嚴肅的氣氛，一台台墨綠色軍車匆促停放，到處都是軍人和救災人員，山坡下有大型的起重機具正在駛上來，遠處還設立了物資補給站。

「好厲害哦，這裡是什麼軍隊基地嗎？」鈴鈴雀躍的東張西望。

「噓，我們走這邊！」林侑諺讓她別嚷得那麼大聲，然後就帶著眾人往巷子裡走。

此時此地並沒有觀光客，車站附近停放的不是軍車就是挖掘器具，旅客大部分都是趕路回來探親的當地人，連計程車都很少，只有一兩台。

最糟的狀況發生了，前往太魯閣的公車已經停駛了，林侑諺不得已只好考慮搭計程車，但計程車也無能為力，因為太魯閣的公路坍方，什麼交通工具都進不去。

「可惡，現在怎麼辦呀？」林侑諺懊惱的說道。

「沒車的話，我們用走的過去呀？」薇薇提議道。

「用走的？妳開玩笑吧？」林侑諺拿出手機地圖看了一下：「用走的最快也要一天耶！」

「一天？很快呀？」薇薇並不覺得有什麼問題。

「不不不，我沒辦法。」林侑諺猛搖頭，他可不像蛙靈那麼厲害，他畢竟是現代人，不搭車去不了任何地方的。他說：「用走的太危險了，上山後要是迷路，沒人救得了我們的。」

「那還有什麼方法？」薇薇問道：「我們要如何到達那片有土石流的地方，又要怎麼找到劉宇傑？」

林侑諺再次看了看手機，劉宇傑還是沒回訊息，打電話也沒人接，真的一籌莫展了。但就在這時，一輛救災軍車從他眼前駛過，給了他靈感。

「對了，這些車一定是要去災區的。」林侑諺對著三姊妹說道：「我們可以偷搭上去，最後一定可以到土石流那裡！」

「要怎麼偷搭？」薇薇問道，這才認真的觀察附近的軍車：「我們三個可以變小，躲到車上，但你怎麼辦呢？」

「呃，等等喔，我想一下。」林侑諺的腦袋浮現出什麼主意，然後指著另一台車：「不然我們搭那個好了，應該不會被發現。」

林侑諺所指的是一台長得像挖土機的巨大車輛，車後廂比挖土機多了一個架棚子的車斗，模樣有些畸形，但用來藏身再適合不過，棚子裡並沒有裝東西。

三姊妹一看都愣住，鈴鈴忍不住讚嘆：「哇，這是什麼怪物呀？怎麼這麼大呀！」

「你要搭這東西？」薇薇問道，顯得有些害怕：「你是認真的？」

「對。」林侑諺點頭：「它不是怪物啦，只是長得比較巨大，它也不是活的，不用怕。」他安撫三姊妹，然後揹著書包就小跑步過去：「快點，它好像要開走了，趁現在沒人注意，我們快上車！」

車斗有點高，四人手忙腳亂了一番才溜上車，林侑諺拉下了棚子的布簾，將車斗完全隱藏，然後挑了塊泥巴較少的地方，和三姊妹一起坐下來。

屁股還沒坐穩，車子就顛顛簸簸的出發了，林侑諺偷偷拉開布簾一條縫，確認他們的方向沒錯，這才放下心來。

「哇，我們坐這個大怪物過去，大家都要讓我們吧？」鈴鈴高興的說道，一副威風的樣子：「前進！打敗蛙靈先祖！」

「鈴鈴妳小聲一點啦，我們可是在偷渡耶，小心被發現。」薇薇說道。

「知道啦，可是真的很酷耶！」

一路上，林侑諺開著手機導航，不停確認他們的路線，是在朝著誠心山前去。置身在這封閉的棚子內，給人一種壓抑的感覺，若不是導航有在動，還真不知自己身在何方。

林侑諺聽著鈴鈴嘰哩呱啦的說話聲，不知不覺打了個盹，當他醒來時，導航卻停止運作了，他嚇一跳，趕緊找原因，這才發現，手機已經失去了訊號，不僅沒有網路，連電話都打不出去。

「糟了，這裡沒訊號。」他對著三姊妹說道：「難怪劉宇傑他們都不回訊息，原來真的是因為沒訊號！」

三姊妹並無太大的反應，她們和人類不一樣，對電子產品一點兒也不依賴。薇薇說道：「別擔心，我們快到了。」

「要到了？」林侑諺驚訝的問：「這麼快？」

「嗯，剛剛聽前面的人說的。」鈴鈴指著駕駛艙。

布棚外的光很亮，已經接近正午十分，林侑諺掀開布簾，發現他們身處在一段崎嶇的山路中，地上有零星碎石，後方很遠的地方還跟著一台車。

最驚人的是前方的場景，本該是鬱鬱蔥蔥的山林，有一大塊全都崩塌了，被黃褐色的泥濘緩坡給取代。公路的斷點就在那裡，能見到有許多怪手和砂石車正在作業，疏通道路。

「哎，真的快到了，我們得下車了。」林侑諺說道，惦記著再晚一步，車子可能就會駛進土石流中，車斗也會被倒入泥石：「我們該走了，不然會被發現，這裡是禁止進入的地帶。」他朝三姊妹招呼道。

車速不快，後面那台車又離他們很遠，林侑諺帶著三姊妹，在一個拐彎處跳車，順利離開。

公路直來直往的只有一條路，四個人為了迴避後面來車的耳目，只好躲進樹林中。

空氣中傳來泥土碎石翻攪後的粉塵味，夾雜著雨後的臭味，很不好聞。這估計就是土石流的味道，林侑諺這樣嘀咕著，一面思索著接下來要怎麼走。

「我們到土石流的地點了，前面那個應該就是。」林侑諺指著前面的坍方說道：「妳們想看的就是那個吧？」

「嗯。」薇薇臉色凝重的點頭，滾滾的黃土宛如大山被掀開一道口子，倒塌的樹參差在其中，延伸到下方去：「真是慘烈啊，下面不曉得有沒有住人。」

「有吧。」林侑諺說道，他還記得新聞的內容：「下面應該有一個村莊，這次就是那個村莊被土石流埋到，劉宇傑的奶奶應該就住那裡。」

「天呀，希望他們沒事。」

兩人說話的時候，鈴鈴和芙一直動著鼻子在聞來聞去，林侑諺注意到她們，便問道：「怎麼了？妳們在聞什麼？」

「有食物的味道耶！」鈴鈴雀躍的說。

「食物？」

「是食物腐朽的味道。」芙糾正道，用低沈的語氣：「好像是什麼水果之類的，在那個方向。」她指著樹林深處說。

眾人沒有多想，沿著味道的來源就走去，結果到了一片果園，視野頓時豁然開朗。

林子裡的果園，碎花爛果掉得滿地都是，產生了腐臭的味道。但撇開蚊蟲及臭味不說，這裡能看到公路底下所有的景色，在山麓拐彎處較平緩的地方有許多房子，山川之間連著吊橋，還有小路駛進，和林侑諺猜想的一樣，果然有一處村莊。

但土石流沿著山稜線一路沖刷向下，將村莊從中硬生生拆成兩截，靠山的房子全部被吞沒了，只看得見一些屋頂。政府的搜救隊主要就在那裡救援，光看得見的挖土機就有數十輛，軍人及救難人員穿梭在其中，甚至連警犬都出動了。

「哇，人類原來也這麼團結呢，好多人集合起來，就為了挖那個房子。」鈴鈴敬佩的說道，對人類有些改觀了。

「妳們有什麼想法嗎？」林侑諺問道，他們可是費了許多心力才到達這個地方：「有任何蛙靈先祖的線索嗎？」

眾人都看向芙，芙卻沉默不語。

「先祖的目標是這裡嗎？」薇薇向芙問道：「祂會往這裡發動總攻擊？」

「不確定。」芙意有所思的說道：「不曉得是什麼惹祂生氣。」

「姊姊，妳上次來人間的時候，先祖是因為什麼生氣？」

「好像也是因為人類做了什麼。」薇薇思考著：「過太久我也忘了，這很重要嗎？」

「滿重要的。」芙回答：「畢竟是一個線索。」

林侑諺在旁邊靜靜的聽著她們討論，他總算對蛙靈先祖有更進一步的認識了，原來蛙靈先祖來人間搞破壞，是因為生氣了呀？

三姊妹討論了許久，花蓮來了、土石流也看了，卻沒什麼頭緒。但芙很確定，她們必須找到蛙靈先祖生氣的原因，平息祂的憤怒，才能阻止這次的危機。

「如果沒什麼主意的話，不如我們到下面去看看吧。」林侑諺指著底下的村莊說道：「我還要去找劉宇傑勒。」

「哦，對呢。」薇薇想起了這件事，和芙又討論了一下，便決定先到村莊去看看。

三人原本要回到公路，設法從坍方的地方到下面去，但要穿越重重的挖土機和挖掘工人根本是天方夜譚，又十分危險。就在三人苦思該怎麼辦時，芙竟在果園中找到了一條小徑，從方向來看，是通往村莊的沒錯。

或許真的是冥冥之中自有註定吧。

第七章

發生土石流的這塊地方處於誠心山的山腹地帶，再往裡走數十公里就能到達太魯閣著名的旅遊景點，燕子口、九曲洞等等，但林侑諺等人不是來觀光的，沒心情去那些地方。

四人從果林小徑步行，約二十分鐘就到了山下村莊。這裡的居民很少，而且大部分都已經撤離，儼然是座空城，只剩軍人和救難隊員在挖掘土石。

林侑諺帶著三姊妹走了幾戶人家，想問有沒有認識劉宇傑奶奶的，但根本找不到半個人，都是空戶。吊橋對面也不用想了，直接被封鎖線給圍住，遙望過去，貌似也發生了土石坍方，不可能還有人住。

就在四人一籌莫展回到果林小徑，躲避來往的軍人之際，一陣熟悉的聲音忽然響起：

「林侑諺！」

林侑諺轉頭，不敢相信眼前這一幕，竟然是劉宇傑從上方小徑走出來，提了個塑膠袋子裡頭裝著飲料和兩根香蕉，表情跟林侑諺一樣吃驚。

「林侑諺，為什麼你會在這裡?!」他訝異的問道，穿著脫鞋三兩步滑下來，看見了他身後的三姊妹：「還帶著這些小蘿莉！」

「你才是，為什麼你不接電話，不回訊息啊？」林侑諺反問。

「這裡基地台就被沖垮了啊，手機都不能用，我是跟家人回來的。」

「我知道啊，但為什麼你可以已讀我？沒訊號可以已讀？」

「蛤？我哪知道，我手機又沒帶在身上，沒訊號我就丟抽屜啦，可能壞了吧，自動接收訊息。」

劉宇傑簡單的就解釋了這個疑問，令林侑諺大老遠跑到花蓮來的疑問。但那已經不再重要了，畢竟劉宇傑本人已經出現在他眼前了。

「喂，你真讓我擔心死了欸，你看！」林侑諺又氣又鬆了一口氣，他拿出了自己的手機，給劉宇傑看聊天記錄：「我還以為你被土石流給埋了！」

「傻啊，怎麼可能！」

「你才傻！」

兩人鬥嘴了好一會兒，然後才平復下來，說起雙方的經歷。

劉宇傑找了塊平整的石頭，讓大夥兒坐到那裡去，他實在太訝異了，林侑諺竟然會找他找到花蓮來，講到激動處，還揉揉眼睛不敢相信。兩人在沒有手機溝通、沒有網路的狀況下，竟然能在這個小徑中撞見，未免也太過湊巧了！

「我奶奶沒事。」劉宇傑直接說重點，並咬了一口香蕉：「颱風來的前一晚她就跑去我姑姑家住了，老人家雖然有點年紀，但也挺機靈的。我奶奶一個人住，警察看她房子被沖走，心想完了，趕快打電話給我們，等我們趕到才知道她在姑姑那裡。我爸媽已經跟警察講了，奶奶沒事，現在在挖的都是其他人家，唉，但也很不幸呀，那是我奶奶的鄰居，我奶奶也說，房子什麼都沒了，現在心情很差。」

「那你姑姑住哪裡？」林侑諺問道。

「也是花蓮啊，在山的另一邊。」劉宇傑指著遠邊說道：「我可能要待好幾天才會走，我爸媽要等奶奶安頓好了才會回台北，但姑姑家超無聊的，現在又沒網路，完全不知道要做什麼。」他揮著香蕉說道：「我閒著沒事，跑超遠才在山下找到超商，就買這些來塞塞牙縫。」

林侑諺聽著聽著，不自覺笑了，他鬆了口氣，這畢竟是天災，劉宇傑的奶奶沒事，劉宇傑也沒事，那就千幸萬幸，倘若聽到什麼噩耗，他真不知道該怎麼面對。

「所以你們真的是來找我的哦？」劉宇傑問道，掏出僅剩的一跟香蕉給垂涎欲滴的鈴鈴吃：「也太詭異了吧，哈哈，竟然跑到花蓮來找我，只為了看我有沒有平安。」

「也不完全是為了你啦，呵呵，怎麼可能呀，白痴。」林侑諺抽搐著臉笑道，有點下不了台，便拿出三姊妹當藉口：「是她們有事要來花蓮。」

「什麼事？」劉宇傑好奇問道。

「我們要找蛙靈先祖，你知道祂在哪裡嗎？」鈴鈴劈頭就說，她吃了劉宇傑一根香蕉，已經完全信任劉宇傑了。

「蛤？蛙靈先祖？」

「啊哈哈哈哈，沒事啦。」林侑諺趕緊又出來打圓場：「啊你怎麼會從上面下來？這條路會通到哪裡呀？我們是從公路那裡繞過來的耶。」

「這條是小路，可以通到我姑姑家那裡，因為果園子都是互通的。」劉宇傑說道：「現在公路都封鎖了，有警察在顧，我們當地人要進出，都是走這種小路。」

「原來如此啊。」林侑諺點點頭：「我們可是費盡千辛萬苦，才從車站到達這裡的耶。」

「啊你們接下來要去哪裡？你們要回台北？」劉宇傑問道，看出了四人的疲態：「還是你們要到我姑姑家去？可以過夜哦。」

「好！」鈴鈴立刻答道。

薇薇和芙也點頭，她們好不容易來了，當然就留在這裡對付蛙靈先祖。薇薇正愁要去哪裡找新的「領地」，劉宇傑就解決了她們的困難。

「好哦，好哦好哦就走唷！」劉宇傑無視林侑諺那欲迎還拒的傲嬌模樣，直接跳過他的意見，帶著眾人往上坡走：「大概兩個小時就到了，來吧！」

「啥？要兩小時?!」林侑諺直接被這句話給嚇到忘記自己的糾結，腿都軟了：「也太遠了吧！」

「哈哈，才不遠勒，走啦。」劉宇傑朝大夥兒招手：「應該趕得及吃晚餐喔！」

※　※　※

劉宇傑的姑姑家位在誠心山另一側，眾人走了許久，在林中小徑與公路間穿穿梭梭，最後才終於抵達位在背陽處的另一個村莊。

花蓮的房子和台北並無兩樣，也都是水泥建築，而且花蓮地價便宜，房子更是大器；劉宇傑的姑姑家就是一棟五層樓的透天厝，院子大得可以挖池塘，還養了不少鴨子。

這讓林侑諺直接幻想破滅了，他還以為可以見到什麼蓋在岩壁上的小木屋，或是原住民的石板屋，但事實上，花蓮的房子就是現代人的房子。

「進來吧。」劉宇傑大家進屋，裡頭似乎沒人：「姑姑和我媽應該在廚房煮吃的，姑丈還沒回家。」

「哇，你家好棒哦！」鈴鈴雙眼發光的說道，一踏進客廳就東看西看：「比有眼家還大好多倍耶，天花板好高哦！」

「這不是我家，是我姑姑家。」劉宇傑笑道：「我家在台北，跟林侑諺家一樣小。」

「颱風來，你姑姑這裡沒受到什麼影響喔？」林侑諺問道。

「這裡風雨較小。」劉宇傑回答：「我奶奶那裡其實風雨也不大，但偏偏那個山坡就不太安全，縣政府之前就一直來會勘，要我奶奶搬走，說有滑坡的危險，這次真的出事了吧。」

「但你奶奶聰明，也先一步落跑了呀？」林侑諺說道。

「也是。」

不只鈴鈴，薇薇和芙也很喜歡這個地方，它比林侑諺家堅固，而且院子裡還有個大池塘。薇薇稍微感受一下，便知道那個池塘足以補充蛙靈的生命力，是個夠格的活水。

這下，就不用費心再找活水，真是個理想的「領地」。

「姑姑，我有朋友來找我唷。」劉宇傑朝屋內吆喝道：「他們晚上要住這裡，也要一起吃晚餐。」

「幾個人呀？」從廚房傳來回應。

「四個！」

對於訪客，劉宇傑的姑姑似乎並不稀奇，在花蓮有朋友串門子是常見的事。

稍晚就準備開飯了，劉宇傑讓林侑諺和三姊妹在客廳看電視，在這期間林侑諺見到了劉宇傑的奶奶，是個中氣十足的老人，雖然白髮蒼蒼，但嗓門很有力，一直嘮叨著她的房子被衝垮了，政府不曉得有沒有賠償。

「唉，奶奶妳就別擔心了，」劉宇傑從二樓下來，正好聽到她的抱怨：「我幫妳查過了，天災，政府有補貼的。」

「我不是要補貼，我是要賠償。」劉奶奶坐在按摩椅上，強調了這個字眼：「他們得賠我整棟房子的錢，還有裡面的家具！」

「哪有那麼容易呀，先等土石都清理好了再說吧。」劉宇傑回道。

「那房子當初二十萬蓋的，換算成現在也得有幾百萬。」劉奶奶義憤填膺的說道：「政府非給我賠不可！」

林侑諺在一旁聽著，他原以為老人家在無理取鬧，誰知越聽越不對勁，劉奶奶用「賠償」這個詞並不是沒道理的，原來沖垮房子的土石流，說來說去，竟是政府造成的。

「在那山的後面啊，誠心山，一天到晚，怪手挖挖的，把整個山都挖禿了。」劉奶奶對著林侑諺說道，見劉宇傑不理她，便換向林侑諺發牢騷：「我們這些居民向政府抗議十幾年了，都沒用，現在山塌了，要怪誰？反正政府非給我賠這條錢不可，我之前就說了，再挖下去肯定出事，你們年輕人不是最喜歡環保嗎？這就是環保問題，挖山就是不環保，違反法律！」她似懂非懂的講著自己也不熟的詞彙，但重點就只有一個：她房子垮了都是政府害的。

劉宇傑朝林侑諺苦笑，要他別理會老人家的嘮叨，但林侑諺卻聽出端倪。他和薇薇交換了個眼神，知道薇薇也聽出了不對勁，他便問道：「劉宇傑，你奶奶說的挖山是什麼意思？」

「喔，就後山那邊有一些開發案呀。」劉宇傑心不在焉的回答，盯著電視笑道：「進行十幾年了，好像有一些違法的事情吧，但當地人都拿他們沒轍，畢竟對方是大財團。」

「具體是什麼開發案？」

「我也不知道欸，可能是砍樹蓋房子之類的吧。」劉宇傑對著電視裡的卡通人物哈哈大笑：「你問這麼多幹嘛？反正要政府賠，我媽都說很難，可能要打官司欸，怎麼可能打贏政府嘛！」

見劉宇傑回答得不清不楚，林侑諺也不想再問下去了，他看向薇薇，深信她也覺得這事必須查個明白，假如土石流有元兇，怎麼想都是一條重要線索。

林侑諺拿出手機，想上網查詢相關資料，卻發現，訊號依然零格。

「對吼，我都忘了。」林侑諺既無奈又洩氣，便搥了劉宇傑一拳：「欸，你們都不需要用網路喔？在這種鬼地方也待得下去？」

「有什麼方法，基地台就被沖跨了咩。」劉宇傑回答。

「啊找不到有網路的地方嗎？」林侑諺納悶的問道：「總要聯絡外界吧，都不用報平安什麼的喔？」

「哦，有啊。」劉宇傑隨便指向窗外：「在我們來的那裡有個山頭，那邊有訊號，用的是城裡的基地台，但走過去大概要兩個多小時。」

「又要兩個小時⁈」林侑諺一聽差點暈倒。

「對啊，沒辦法這裡又不像台北，有那麼多捷運。」劉宇傑說道，語氣有點幸災樂禍：「你想要用網路，就自己走過去吧。」

「你說的山頭在哪裡？要怎麼走？」

「咦？你是真的要去哦？」劉宇傑意外的問道，他還以為林侑諺只是鬧著玩的：「有什麼事情這麼急，一定要用到網路呀？」

「我還沒跟我家人說我今晚不回去啊，我要打電話跟他們講。」林侑諺說道：「還有你，也應該跟班導報一下平安吧，說你多待幾天，不然大家會擔心的。」

「這樣啊。」劉宇傑沉思著：「那晚點我開我姑丈的貨車，我們一起去那個山頭用網路吧。」

「開貨車？」林侑諺十分疑惑：「啊你不是說要用走的？」

「晚上沒人守山，我們可以開車繞過坍方的地方。」劉宇傑解釋道：「警察晚上就下班了，他們只會在山下設拒馬，山上這邊沒人管。」

「還有這樣哦？」林侑諺傻眼。

晚餐很快就煮好了，準時開飯，林侑諺見到了劉宇傑全家人，有劉奶奶、劉宇傑的姑姑、姑丈還有爸媽，大夥兒面對面，不免有些尷尬。

劉宇傑沒有特別說明林侑諺的身分，只說是朋友來找他玩，其他人也沒多問，就劉宇傑的爸媽對三姊妹十分好奇，頻頻問她們幾歲，怎麼就只跟哥哥來，父母都不管嗎？

所幸薇薇機智應對，才讓他們放下疑心，畢竟四個小孩子（包括林侑諺）獨自來到剛發生土石流的山區，要說找朋友實在很難搪塞。

吃完飯後，劉宇傑帶著他們四個就出發了，準備前往有網路的地方。若不是林侑諺一直催促，還不知要磨蹭到什麼時候。

大夥倉促就座，貨車是小台的那種，後面塞了三個小女生，前面則坐著劉宇傑和林侑諺，林侑諺才剛繫好安全帶就發現不對勁：「等等，你有貨車駕照嗎？」

「當然沒有。」劉宇傑微笑，放下排檔桿。

別說貨車駕照了，劉宇傑應該連一般汽車駕照都沒有，畢竟他們才剛滿十八歲。林侑諺立刻握住他的方向盤說：「別鬧了，倘若只是開普通車子，我還能睜一隻眼閉一隻眼，現在可是貨車欸！」

「又沒差，我開得很熟了，回花蓮的時候我姑丈有時候會叫我載他，自己在旁邊睡覺，他都沒在怕了。」劉宇傑說道，撥開林侑諺的手，熟練的就駛出狹窄的車庫。

「你們花蓮人真的是……很豪放。」林侑諺無奈的說道。

山裡的夜晚暗得很快，沒什麼路燈，小小的貨車穿梭在崎嶇的山路中，視野所及之處只有車燈照亮的範圍。從車窗向外望去都是黑漆漆一片，聽著車子安穩的引擎聲以及時不時傳來的鳥鳴，著實給人一股亡命之徒的感覺。

半個小時後，他們終於到了劉宇傑所說的山頭。

公路從山腰繞出來，劉宇傑將車子熄火，停在護欄邊，往外看去能聽見海潮聲，遠處有閃爍著燈塔的光點，只比漫天的星空要亮一些而已。

「就是這裡了，這裡訊號最好。」劉宇傑說道，並也拿出他的手機：「看，訊號有一格了。」

林侑諺這才將目光從夜色中移回來，他也趕緊拿出他的手機，發現有一堆軟體通知冒出來，還有他媽媽傳訊息給他，問他今晚到底會不會回家。

林侑諺立刻先搞定重要的事情，說他這兩天會住在同學家，接著他就開始看其他訊息，什麼臉書、ＩＧ、推特、LINE……等等的，每個都擠滿通知，得逐一回復。

三姊妹在後座安分的等待，但幾十分鐘後，林侑諺和劉宇傑還在樂此不疲的滑手機，一點也沒有要停下來的意思。

「人類好奇怪喔，寧願盯著那個發光的盒子笑，也不想到海邊吹吹風。」鈴鈴說道，偷偷打開窗戶，趴在窗緣上盯著海灣看。

「他們有重要的事情吧。」薇薇說道，淡定的安撫鈴鈴的情緒：「妳要不要先睡一下？妳看，芙在打盹了。」

「才不要，又還沒到睡覺的時間，我想到下面去看看。」鈴鈴指著山下說道。

「先在車上。」薇薇叮囑道。

林侑諺有聽到她們的對話，但他正在看一個重要的東西，實在無法分神。

他剛才滑到天氣預報，發現這幾天又有新的颱風要來了：一股強大的熱帶氣旋在太平洋上形成，且在下午就轉變為了中度颱風，朝著東亞而來。

令氣象局格外關注的是，這次的颱風結構非常完整，從衛星雲圖來看，不僅外觀肥厚、紮實，颱風眼也十分清晰，是多年難得一見的「漂亮」颱風。

但專家們在興奮之餘，也不忘警告社會大眾，這次的颱風將會帶來驚人的雨量，越清晰的颱風眼就代表越強的威力，不管它從什麼方向掠過台灣，都會造成不小的損害。

「嘿……」林侑諺向後座招手，感覺非常不安：「薇薇、芙，妳們的預言成真了欸，真的有颱風要來了欸。」

「預言？」薇薇想了一下才知道林侑諺在說什麼：「當然是真的啊，芙說先祖要來，先祖就會來。」

「所以這次是祂的總攻擊？」林侑諺擔憂的問道。

新聞上顯示的字眼都是什麼「史上最強」、「千百年難得一見」、「超級颱風」、「專家稱恐釀成洪災」、「連美國太空總署都關注」等等的，令林侑諺深深覺得，三姊妹真的不是在開玩笑，真有什麼大災難要來臨了。

「對，這次就是決勝負的時候。」薇薇回答，並聽了芙的悄悄話，接著說：「芙認為風暴將在兩天後來。」

「啊？怎麼這麼快？」林侑諺有點驚訝，颱風成形不過就今天的事而已：「之前不是說還有好幾天嗎？」

「比預想中還要快。」薇薇再次轉述芙的話，眉頭也出現了擔憂：「而且風雨比預想中還強大，先祖這次的怒火，貌似超過了上次許多。」

「你們在說什麼啊？」劉宇傑這時終於注意到眾人的談話，便轉過頭來問道。

「有颱風要來了。」林侑諺簡短回答，還急著想問蛙靈先祖的事。

「颱風？颱風不是剛走嗎？」劉宇傑十分疑惑。

「又來一個新的，你不知道喔？」林侑諺噘嘴：「不要只顧著滑影片，有空也看看新聞吧。」

「哇，一次來兩個哦？」劉宇傑記得上個颱風才走不久勒，他笑道：「那很好呀，說不定這次可以放颱風假，上次的風雨不夠大，都沒有放到哩。」

「放假？」薇薇忍不住問道，眉頭深深皺起來：「颱風來了你們可以放假嗎？」

「對呀，停班停課呀。」劉宇傑嘻嘻笑道：「希望風雨能強一點，達到放假標準。」

「為什麼暴風雨來你們人類那麼開心啊？」鈴鈴也傻眼：「還希望風雨變強，你們有病啊?!」

林侑諺趕緊捏劉宇傑一把，斥責他亂講話，但劉宇傑根本不懂自己說錯了什麼，還質疑林侑諺不想放假嗎？

「唉，很痛欸。」劉宇傑揉了揉背林侑諺捏的地方：「好嘛，我就開玩笑的嘛，我奶奶的房子都被沖走了，我也只敢在你們面前這樣說，要是被奶奶聽到還不被罵死。」

「當然被罵死，你知道這次颱風，你們花蓮因為土石流死了兩個人耶。」林侑諺翻著新聞說道，實在很不高興：「別那麼白目，幸災樂禍。」

「知道了嘛。」劉宇傑雙手合十的道歉。

他們沒有待得太久，林侑諺和劉宇傑又用網路滑了一下手機，然後就打道回府了，不然家人會擔心。

返程的路上林侑諺開窗，照理講山裡應該會很冷，但林侑諺感覺不到一點涼風，空氣吹在臉上顯得燥熱，甚至有點刺痛，這颱風要來襲前的徵兆，它將水份都吸乾了。

第八章

颱風真的來了，而且直撲台灣而來。

林侑諺和劉宇傑帶著三姊妹，藉口說要和姑丈一起去工作，實際是要在半途偷用網路，他們會經過昨天那處濱海公路。

今天的天氣和昨晚完全不同，已經有風了，而且風頗大，從海的遠處傳來，帶著鹹鹹的味道。氣象局已經確認了颱風的動向，它是個「穿心颱」，命名為「弗雷」，恐怕會直接穿過台灣。

歷年來穿心颱都會造成巨大的災害，配合夏季的西南氣流，雨水就像用倒的一樣，下都下不完。「弗雷」體型巨大，已經成長為強烈颱風，而且移動速度比預期中快，氣象局將在傍晚發佈海上颱風警報，禁止船隻出航，最快凌晨就會繼續發佈陸上颱風警報。

——和芙比起來，氣象局還是後知後覺的，芙早在昨晚就知道颱風會提前來了。

因為颱風的關係，劉宇傑一家人決定繼續留在花蓮，等颱風走再回台北。林侑諺很好奇，難道待在花蓮不危險嗎？他奶奶的家不就被沖走了嗎？

「我姑姑家這裡很安全，奶奶那邊本來就有滑坡問題。」劉宇傑回答：「我們原本明天要回家的，但明天颱風來，開車北上更危險吧？不如待在房子裡，嘿嘿，這樣就真的不用去學校了，也不用管有沒有放颱風假。」

「結果還是在打颱風假的主意啊……」

劉宇傑的姑丈開著貨車要去賣水果，在山下的市集，他原本嫌帶著這麼多人不方便的，但看三個小女孩可愛，說不定能招來更多客人，於是就妥協了。

然而卻事與願違，他們才賣不到半個小時，隔壁攤老闆就來傳話，說他家裡來電，劉奶奶要鬧事，誰都勸不住，讓姑丈趕緊回家幫忙。

因為手機基地台倒了，只能倚靠有線電話，姑丈問老半天也不清楚是什麼事，一夥人只能收拾水果攤，急急忙忙返程，但不是回山上的家，而是到縣政府去，電話裡講劉奶奶跑那邊去了。

眾人到場時已經三點半了，縣政府前圍了一堆人，姑丈還不用湊近看就知道是怎麼回事了，全都是抗議的人，有些拉布條、有些拿大聲公喊話，他們的訴求很簡單，就是劉奶奶之前的提過的，要求政府停止誠心山上的開發案。

劉奶奶身為受災戶，自然身在第一線，眾人還給了她一張椅子坐。她不改嘮叨的性子，正氣呼呼的向媒體抱怨，說房子被沖垮事小，他一條命還在，難道政府不用負責嗎？

其他抗議人士則繼續向公家機關喊話，政府也派出了部門首長，沉著臉的接受陳情。

「媽怎麼跑來這裡？」劉宇傑的姑丈找到了他太太，劉宇傑的爸媽也在。

「我也攔不住啊，只好跟她一起被載來這裡。」姑姑無奈的說道。

「大舅也攔不住嗎？」姑丈還是很不解，便望向劉宇傑的爸爸問道。

「媽要來抗議啊。」劉宇傑的爸爸回答，表情不太對，似乎有話要說：「媽的房子都被沖垮了，你們不讓她來抗議，也說不過去吧？」

「都抗議這麼多年了，政府會賠就會賠，有必要這麼大費周章嗎？媽年紀也大了，不用這樣折騰吧？」姑丈說道。

「你這樣說就不對囉，政治這種東西，你不去關心它就不會理你。」劉宇傑的爸爸將話說開，他是贊成他母親身體力行的：「山上挖那麼多年了，現在好了，發生土石流了，還有人死了，連抗議都不行嗎？」

「所以媽這樣搞你很開心就是了，我們全部人生意都不用做，都來陪她就好。」

劉宇傑的爸媽和姑丈姑姑顯然立場不同，場內抗議聲不斷，他們在場外也吵了起來。

林侑諺不想捲入風波，趕緊將劉宇傑拉到旁邊問道：「欸欸，你們山上到底在開發什麼啊？又是砍樹又是挖土，聽不懂欸。」

「就，好像是挖土石吧。」劉宇傑指著人群中的標語說道，他其實也不太了解：「挖土石拿去做成水泥，就跟採砂石沒兩樣。」

「山上可以採砂石喔？」林侑諺好奇的問道，他以為只有在河床才能採砂石。

「山上的更好吧，哈哈。」劉宇傑似懂非懂的說著：「花蓮最有名的不就是大理石嗎？說不定大理石的最好！」

「聽你在唬爛！」

兩人說話的時候，薇薇在一旁靜靜的聽著，她已經確定了，自己必須到那個開挖砂石的山上去看看，他們說的實在太讓她好奇了。

抗議行動拖了兩個小時還沒有結束，但並不是烏龍一場，在抗議的尾聲，這次因土石流而罹難的幾位受災戶家屬出現了，眾人的躁動逐漸平靜，演變為淒涼的哭訴，畢竟攸關人命；這場土石流並不是天災，而是人禍，山之所以崩塌是因為過度開發，但卻沒有人為此負責。

在「弗雷」來襲的前夕，這場抗議無異於讓林侑諺等人的心蒙上一層陰影，他們曉得，真正的災難現在才要到來。

※ ※ ※

傍晚，風雨漸大，「弗雷」已經接近島國，且在太陽下山後，忽然間變成了滂沱大雨，雷聲隆隆，天地之間一夕就變了樣。

氣象局再次修改警報標準，直接發佈海陸雙警報，這時「弗雷」都還沒登陸呢，詭異的速度和路徑讓專家們難以接招，原先所預告的「穿心颱」，現在也不準了。

劉宇傑和林侑諺一夥人早早就回到姑姑家，將所有門窗關上。隔著玻璃都能感受到颱風的威力，各地政府都成立災害應變中心，而且幾乎所有縣市都宣布放假，嚴陣以待。

林侑諺即使沒有繼續關注網路新聞，也能知道這次颱風來勢洶洶，非同小可。他稍早已經向父母報平安，而且也坦承自己人在花蓮，他有說自己是來找劉宇傑，回去可能會挨一頓罵吧。

林侑諺正在和薇薇起爭吵，在從縣政府返家前，薇薇就已經強力的要求，想到那個挖掘土石的山頭去看看，但林侑諺沒答應，當時已經有些風雨了，他們的目的地只有一個，就是帶劉奶奶回家。

他有暗示過劉宇傑三姊妹的想法，結果當然是不行，他身在別人的屋簷下、身在劉宇傑姑丈的車上，怎麼可能想去哪就去哪。

「侑諺，我們來人間是要阻止先祖的。」薇薇認真的說道，和林侑諺在客廳的小角落激辯：「現在風暴已經來了，你卻反而讓我們不要出去，這是本末倒置。」

林侑諺不知道該怎麼說，他當然知道三姊妹的目的呀，但現在颱風來了，怎麼可能說出去就出去？

「妳們一直說要阻止蛙靈先祖、阻止颱風，但到底要怎麼阻止？」林侑諺返問道：「現在它已經來了，雨下成這樣，妳說妳有辦法讓它憑空消失？突然就讓它消失？」

「長老們派我們來，一定有他們的用意。」薇薇說道：「芙也覺得必須到那個山頭看看。」

「妳還是沒有回答我的問題，難道妳們有魔法力量嗎？就算去那個山頭又怎樣？妳們可以讓颱風轉向？還是可以念咒語？」林侑諺指著窗外，暴雨嘩嘩下著，將被摧殘的枝枝葉葉吹到窗緣上：「以現在的狀況，妳們出去一定會出意外的。」

「我們不是來人間觀賞風暴的，請你記得。」薇薇無奈的笑道，這是第一次，她對林侑諺生氣：「你對這場災難還是不夠了解，你並不明白它會帶來什麼惡果。」

「什麼惡果？我們人類不是沒遇過颱風，每年都會遇到颱風。」林侑諺反問她：「如果妳們真的能改變什麼，就不會拖到今天，還什麼都做不了。」

「……」薇薇被氣到，一時無法回應，她想了一下，便提起了過去的記憶：「上回我來到人間，長老們就是沒有足夠的決心，才放任先祖摧殘人類。那年的雨下得跟今天一樣大，先祖殺了許多人類，用土石將他們掩埋，還發動洪災，將人類的家園全都吞沒，你想讓歷史重演嗎？」

「你們在吵什麼呀？」這時，劉宇傑冒了出來，他在一旁偷聽很久了，知道林侑諺和薇薇是在吵架，而不是單純說話。

「沒事。」林侑諺推推他，想將他趕開。

「什麼沒事，我聽到殺人欸。」劉宇傑好奇的問道：「這幾位小妹真的很成熟，我想聽她在跟你吵什麼。」

薇薇見和林侑諺討論沒用，便轉向劉宇傑說話：「宇傑哥，你們人類對颱風是不是太掉以輕心了呢？」

「怎麼說？」劉宇傑覺得怪，為何對方用「人類」這個詞。

「在將近二十年前，有個巨大的颱風奪走了你們許多性命，如果我說現在這個颱風也一樣可怕，你怎麼想？」

「二十年前？」劉宇傑在意的卻是這個詞，他瞇起眼，懷疑薇薇說話怎麼這麼奇怪，二十年前的事她這小孩子怎麼會知道。但他沒有說破，而是問道：「二十年前有過超大颱風嗎？我印象中，聽我奶奶說，好像有一個叫『茉莉花』的颱風。」

「『茉莉花』！」薇薇一聽到這個字，頓時如雷貫頂，記憶清晰起來：「沒錯，就是『茉莉花』，你們用這個名字稱呼它，就像你們用『弗雷』稱呼現在這個。」

「『茉莉花』颱風？」林侑諺對這個詞也有印象：「所以妳當初遇到的，就是『茉莉花』。」

要說過去發生過的颱風，他記不起來幾個名字，但這個「茉莉花」，他聽爸媽說過，那是在他還沒出生前的事。

「茉莉花」侵襲台灣時正巧配合西南氣流，引發了前所未有的龐大雨勢，並引發了「七七水災」。當年的七月七日，泥狀的洪水淹沒半個島國，造成著名觀光景點阿里山及南橫公路多處坍崩，數個村莊被土石流滅村，上百人遭到活埋。

那是自六零年代以來最嚴重的水患，至今還有許多罹難者沒被找到，是島國永遠的傷痕與傷痛。

「現在，比當年更大的風暴正在襲來。」薇薇嚴肅的指著外面說道：「如果坐視不管，會有很多人喪命。」

「為什麼二十年前的事情妳這個小孩記得那麼清楚？」劉宇傑驚訝的問道，再也按捺不住疑惑。

「我只是比較成熟。」薇薇沒心思再去解釋一些有的沒的，她直接提出要求：「宇傑哥，你能開車載我們到發生土石流那個山頭去嗎？」

「蛤？怎麼可能啊，現在這種天氣欸。」劉宇傑傻眼：「妳們去那裡要幹嘛？」

「有不得已理由。」薇薇說道：「一句話，很希望你能載我們過去，已經沒時間了。」

「真的別鬧了，不行。」劉宇傑搖頭道：「求我也不可能，而且剛剛聽妳們說要阻止颱風，屁啦，小朋友真的別鬧了。」

薇薇沉默，知道多說無益。

這三個小女生看似是小孩，心理卻很成熟，劉宇傑百思不得其解，他說：「妳們真的不用擔心那麼多啦，現在的科技比二十年前還要好，政府也做了很多防護措施，況且我們還有『護國神山』呀，『護國神山』會幫我們打敗颱風的。」

「『護國神山』？」三姊妹都被這個詞給引起了興趣：「什麼是『護國神山』？」

「護國神山」就是指中央山脈，因為地勢高聳，縱貫整個島國，像一根突出的脊樑，能夠有效的阻攔颱風，改變颱風的動向，所以被稱作護國神山。

三姊妹聽完都陷入沉思之中，劉宇傑的話似乎給了她們啟發。花蓮這座崩塌的誠心山，正是中央山脈的一個分支，台灣幾乎所有大大小小的山，都從中央山脈延伸而來。

「芺、鈴鈴，妳們記不記得長老曾說過，在人類的世界有另一個神能與我們蛙靈先祖對抗，那位神平時是沉默的，但在風暴來臨時，祂會以祂巨大無比的力量，擊退先祖。」薇薇問道。

芺附在薇薇耳邊說話，說她記得這件事，那位神是個大力士，被稱作「大霸」，從古老時候就一直流傳祂的故事。

「『大霸』？」劉宇傑聽到了她們的耳語，驚奇的說道：「中央山脈在我們原住民語，發音就像『大霸』呀？」

三姊妹聽完都是一愣，薇薇面色凝重的說道：「果然沒錯，你們講的『護國神山』就是那位能與先祖一決高下的『大霸』。」

林侑諺卻很出戲的問劉宇傑竟然是原住民，以前他從來不知道這件事，而劉宇傑說他血統也不是很純了，只有四分之一。

薇薇若有所思的低著頭，事情進展到這裡，線索都一一浮現了，她很清楚，要想擊退蛙靈先祖，非得藉助「大霸」的力量。上回她來到人間時，長老們對「大霸」並沒有什麼著墨，這回，她們就往這個方向進行。

她再次向林侑諺和劉宇傑提到，若不阻止蛙靈先祖，人類會死傷慘重，但林侑諺和劉宇傑還是沒有要幫忙的意思。

在這狂風暴雨中，誰也別想出去。

入夜後，風雨變得更大了，窗外刷刷刷的怒號聲，宛如能將水珠擠進窗緣似的，睡在哪層樓都覺得不安穩，

林侑諺和三姊妹睡在一樓的客房，五樓則全部都不能睡人，因為會漏水，劉宇傑的姑丈甚至將通往五樓的門直接關了，睡夢中依稀還能聽見叮叮咚咚的落水聲。

其實林侑諺還是很憂慮的，稍早以前，他聽劉奶奶講，因為雨勢過大，山洪齊漲，城裡全都淹水

了。而且他們賴以通訊的有線電話也斷路了，對外界所接收到的最後消息，就是劉奶奶用電話和鄰居聊天所轉述的，連縣府都淹水了這樣。

三姊妹睡在大碗裡靜置的葉片上，林侑諺一直偷偷觀察她們，直到確定她們都入睡，才放心的將頭瞥向一邊，墜入夢鄉。

然而在天亮後，三姊妹卻不見了。

第九章

「劉宇傑！劉宇傑！」清晨五點，大雨還在下，林侑諺往劉宇傑的房間敲門。

劉宇傑睡眼惺忪的來應門，都還沒講半句話，林侑諺就說：「糟了，她們不見了，我就知道她們會跑出去！」

「哇！」劉宇傑瞬間醒來：「這麼大的風雨勒！」

兩人趕緊將屋內從上而下找一次，愣是沒找到三姊妹的人影，林侑諺將那空碗的水倒掉，心中懊悔不已，他應該好看著她們的。

「你說她們到底想做什麼啊？我都不懂欸。」劉宇傑問道，用濕毛巾胡亂抹了一把臉，就和林侑諺在一樓客廳會合：「她們真的是你親戚的小孩？」

林侑諺迴避這個話題，直接說重點：「我覺得她們一定是往土石流那個山頭去了，要不你開你姑丈的車，我們去找吧。」

「神經，真假啦？」劉宇傑盯著窗外的風雨：「報警比較快吧。」

「都沒訊號了怎麼報警？」

「手機還是可以報警呀！」劉宇傑打開手機說道，確實在斷訊的狀況下，手機還是可以播打緊急電話。

「等等。」林侑諺趕緊阻止他：「我們還是先開車去找吧，驚動警察的話，感覺不太好。」

「人都已經跑去外面了，你還不想報警喔？」劉宇傑說道：「我真的不懂欸。」

「我問你，你真的想知道她們的祕密嗎？」林侑諺忽然嚴肅的問道。

「她們果然有祕密是吧？」劉宇傑被勾起了好奇心：「快說！」

「等颱風過去後，我再告訴你。」林侑諺回答，決定用利益交換：「但你得現在開車帶我去找她們。」

「吼，你真的是……」劉宇傑顯得很為難，但林侑諺講的真讓他覺得事有蹊蹺，沒猶豫多久，他就答應了林侑諺。

於是，兩人偷偷摸摸了拿了車鑰匙，趁全家人都還在睡覺，便溜出了家裡。

風雨真的很大，院子裡的花木都被吹落了，公路上水流橫肆，天空黑壓壓一片，沒開車燈什麼都看不清楚。

「要去哪裡呀？」劉宇傑問道，一面擦著肩膀，剛才進車的時候被雨淋溼了。

「去你們那個誠心山的山頭。」林侑諺很確定，薇薇一定是去那裡了：「就是在挖砂石那裡。」

「蛤？別開玩笑了，那裡不能去啦。」

「再危險還是要去，她們一定在那裡。」

「林侑諺，你不懂我的意思。」劉宇傑握著方向盤說，車子停了下來：「那裡是財團承包的土地，禁止進入，旁邊都有鐵絲網圍起來，誰都進不去的。」

以劉宇傑所形容的，那塊採砂地周圍全被高牆覆蓋，這幾年來，別說想抗議人士了，連記者都無法用攝影機拍到裡面的景象，誰也不曉得高牆後是什麼世界。

「那我們就到附近去，然後再走進去。」林侑諺說道：「看有沒有洞之類的。」

「蛤？你確定？」劉宇傑攤手：「颱風欸，下大雨欸。」

「你還想不想知道祕密了？」

「嗯，走！」劉宇傑放下排檔桿，一溜煙出發。

兩人開了半個小時，繞過坍方的路段，從果園的小路往山頭上衝。劉宇傑見這貨車已經被操成了吉普車，車身上下都是泥濘，他感覺自己一定會被姑丈給扒皮。

從小徑中出來後，他們已經到達了誠心山的高處，視野很開闊，卻令人驚心動魄。公路已經看不到原本的柏油路面，全被大水及泥流給覆蓋，雷聲轟轟的響著，劉宇傑不敢貿然往前開，就不知水有多深，只能走一步算一步。

「林侑諺，你確定要繼續往前？」劉宇傑擔憂的說道，車子光停著不走，都能感覺被水流給撼動：「我們可是冒著生命危險。」

林侑諺沉默，他沿路一直在注意有沒有三姊妹的身影，但天昏地暗，連半個人都沒看到。這種大雨，她們是怎麼走上山的呀？

劉宇傑又往前開了一段，然後便指著擋風玻璃說：「你看，就是前面那裡。」

在公路的側面，有一排高牆聳立著，圍著裡頭的水泥王國，視野所及之處沒有半棵樹木，都被砍光了，在這山林中顯得格外荒誕，就像座灰色監獄一樣。

高牆的中間有座水泥大門，公路在那開口處擴大了一倍，似乎是為了方便大貨車進出、轉彎。劉宇傑將車開到門口，和林侑諺一起望著高牆，它有三公尺高，完全找不到有什麼漏洞可以進去。

「現在呢？」劉宇傑攤手說道：「我就說吧，你溜不進去的。」

「再往前開有什麼？」林侑諺指著前面的公路問道。

「就到另一個山頭去啦。」劉宇傑回答。

林侑諺決定下車去探勘，他穿上了放在後座的雨衣雨鞋，冒著大雨就艱難的跑到高牆前面。門沒有縫隙，警衛室也是空的，警衛應該早在颱風來前就撤走了。林侑諺從警衛室的玻璃往內探望，撥著臉上的雨水，隱約能看見牆內空間很空曠。

劉宇傑也來了，但他沒有雨衣，直接被淋成落湯雞的跑過來。

「你幹嘛？你這樣會感冒的。」林侑諺趕緊說。

「都這關頭了還怕什麼感冒，怎樣？有看到人嗎？」劉宇傑也跟著往玻璃內望。

「沒啊，我們得想辦法進去。」

「你就這麼確定她們在裡面？」劉宇傑問道。

「確定。」林侑諺斬釘截鐵的說，他很清楚薇薇有多麼執著這個地方。

兩人沿著圍牆繞了三分之一圈，最後又回到門口的地方。見林侑諺那麼頭痛，又那麼堅定的想進去，劉宇傑想到了一個法子，他從旁邊撿來了一顆石頭，作勢就要往玻璃砸去。

「喂，你幹嘛啊！」林侑諺嚇到。

「把這窗戶砸破，我們就能爬進去了呀？」劉宇傑理所當然的說道。

「你瘋了啊，這裡有監視器！」林侑諺東張西望，然後指著上頭說道。

結果劉宇傑找來了一根長樹枝，愣是將監視器的鏡頭轉到另一邊去，然後就要真的砸玻璃。

「沒事的。」他說道：「現在颱風天，就算玻璃破了，他們也會以為是天災害的，不會追究的。」

「你確定？」林侑諺狐疑的問道，但稍微被說服了。

「越快找到她們越好吧。」劉宇傑簡短說道，朝林侑諺揮了一手勢：「你讓開，我要丟了。」

匡噹一聲，玻璃破了，有沒有觸動警報器不知道，但這種天氣，保全公司也不會上來的。兩人齊心協力的爬進警衛室中避雨，身體頓時都溫暖起來。

林侑諺打開警衛室的內門，進到了圍牆內的世界。

「哇，這是什麼鬼地方呀？」劉宇傑跟著走出來，驚奇說道：「月球表面?!」

眼前是一大片空曠的荒野，沒有樹、沒有建築、沒有任何東西，就像月球表面那樣了無生機。林侑諺明白那是山林被挖掘過後所裸露的地表，在大雨中依然清晰可見、淒涼慘烈。

遠處有一條經深度挖掘所形成的道路，通往更高的地方，但不論有多高都是一樣的景象，能看見的只有層層堆疊的採砂場，這層挖完了換下面一層，下面挖完了就再擴張，無止盡的向山林索取著資源。

「難怪下面會山崩。」林侑諺感慨的說道：「上面都沒有樹了，大雨一來，土壤什麼的都留不住，直接被沖下去。」

「嗯。」劉宇傑也十分嚴肅：「而且這裡好大呀，比想像中還大多了，整片山頭可能都禿了。」

兩人在警衛室週圍繞了一下，這才想起自己的任務是要找到三姊妹。

「她們真的在這裡面嗎？」劉宇傑懷疑的問道：「我們都要打破窗戶才能進來了，她們怎麼進來？」

被劉宇傑這麼一問，林侑諺也不確定起來。他試著換位思考，假如他是薇薇，他要如何進來這座採砂場？莫非她們三個還在外面？還在想辦法跨過牆壁？

林侑諺越想越不對，想爬回去外頭找人，劉宇傑卻忽然指著山頭喊道：「你看，那邊有人！」

大雨滂沱，視線不佳，但還是能隱約看見在第三高的那個採砂平台上，有個嬌小的人影站著不動。

「是芙！」林侑諺立刻認出來，趕緊對上方招手：「芙！喂！」

對方沒有回應，於是林侑諺和劉宇傑馬上出發，沿著那條採砂溝道路走上去。這時他們才知道有多麼困難，源源不絕的雨水從上方流下來，要往上走一步都得特別費勁，就跟溯溪一樣，稍有不慎就會被水沖下去。

「林侑諺，拉著我。」這時，劉宇傑朝他伸出手：「兩個人比較好走。」

劉宇傑的體力還是比較好的，林侑諺平時除了游泳，就沒有做其他運動了，不像劉宇傑這個人什麼運動都會。

兩人費了全身力氣，頭髮溼漉漉、狼狽不堪，終於到達了第三層的採砂平台。但剛剛看到的芙竟然不見了，整個空曠的平台都沒有半個人影。

「跑哪去了？」劉宇傑揉揉眼睛：「怎麼一下就不見？」

「芙！」林侑諺朝四周大喊：「妳在哪？妳們在哪？」

劉宇傑也跟著他喊，結果芙真的出現了，她從某個石溝中探出頭來。原來她是負責把風的，剛才一看底下有人，便立馬躲了起來，沒注意到是林侑諺和劉宇傑。

「妳們到底在幹嘛呀，很過分耶！」林侑諺跑到芙面前，既擔憂又生氣的說道，糾結的心情一股腦湧現：「颱風天，就說了很危險，為什麼自己跑出來？」

芙欲言又止，似乎很愧疚，最後什麼話也不敢說。

林侑諺見她這模樣，便不再繼續唸下去了，他怎麼會不知道三姊妹冒險出門的原因呢？現下的當務之急，應該是確認她們都平安。

「薇薇和鈴鈴呢？」林侑諺問道，發現她們並不在附近：「她們跑去哪了？」

芙看了劉宇傑一眼，然後湊到林侑諺耳邊說悄悄話。

原來三姊妹在天亮前就出門了，在薇薇的帶領下，她們找到了這座採砂場，並從後方一處高度較矮的側門溜了進去。

三人對這採砂場進行簡單的探勘，心中極為傻眼，人類竟然將山林搞成這樣，處處坑坑洞洞。薇薇總算理解蛙靈先祖生氣的原因了，恐怕便是衝著這滿目瘡痍的山頭而來的吧，蛙靈的世界與人間本為一體，相形相依，人類破壞了大地，蛙靈也無法置身事外。

再者，蛙靈長老們口耳相傳的「大霸」，若真是這座被刨開的山頭，那麼祂無法再與蛙靈先祖抗衡，也非屬什麼意外之事。人類必須反省他們的過錯，復原他們守護神的寄託之地，「大霸」才會重新歸來。

「姊姊們在最上面發現了什麼，便讓我留在這裡。」芙向林侑諺說出薇薇等人的動向：「但她們已經去了好久，都還沒回來。」

「所以是發現了什麼？」林侑諺問道，並仰望更上層的採砂場。

「我不知道，肯定是很重要的東西。」芙悄聲說道，低沈的聲音聽在林侑諺耳裡格外有神祕感：「她們說，如果能破解那個東西，或許就能阻止先祖了。」

破解？

這詞在林侑諺心裡激起更大的好奇了，在這空無一物的採砂場裡，能有什麼東西可以阻止蛙靈先祖？

三人當下就決定往更上層的採砂場走，但這一點也不容易，石溝路根本不是給人走的，是給砂石車走的，林侑諺稍微估算一下，再往上起碼還有五層，而他們拚死拚活也才走到這第三層而已。

「這樣吧，我來揹芙，然後我們牽著走。」劉宇傑提議。

「不必吧。」林侑諺覺得搞笑，蛙靈的體力可比他們人類好太多了呢，他說：「就讓芙走前面給我們帶路，我走中間，你殿後，我如果滾下去你可要托住我。」

劉宇傑沒來得及問什麼，芙就已經走到石溝路上了，似乎迫不及待要去找姊姊們。結果三人才走沒幾步，就演變成林侑諺搭著芙肩膀，劉宇傑再搭著林侑諺的腰，這種黏在一起的狀態。

水流太湍急、坡度又太陡，天上雨水一直下，林侑諺幾乎快把眼睛閉起來，完全靠芙帶路，他嘴唇發白，有要失溫的跡象。

三人到了第四層，這裡的採砂場比剛才那層還大一倍，而且地表比剛才都還要白皙，似乎連基岩都挖出來了，才會呈現這種顏色。

芙雖然是蛙靈，在雨中視力卓越，適應力比人類好，但後面拖著兩個大男生，她也有些吃不消了。她眨了眨眼，發現在山坡另一頭有條坡度更緩的石溝，當下便決定改走那條路。

她帶著兩人下到第四層採砂場，地勢瞬間變成平的，讓林侑諺和劉宇傑能夠喘口氣，不必再重心不穩。但這裡的積水深達膝蓋，要往前走，所費的力也沒有減少。

「芙，現在是要去哪裡啊？」林侑諺覺得不太對，便瞇起眼睛忍著雨水望向四周。

「我們從另一條路，比較好走。」芙小聲的說道。

「這樣不會迷路哦？」

「不會。」

三人涉水往前走，從採砂場中間穿越過去。水面因狂風暴雨本來就不平靜，現在又因他們的行走而布滿漣漪，黑暗的天空映照在破碎的波浪上，讓人彷彿置身在一個回不去的絕望路途中。

「你們不覺得水越來越深嗎？」劉宇傑此時忽然問道。

三人已經走到採砂場的正中央了，眼看再幾分鐘就能到達芙所指的另一條路，但劉宇傑的話不得不讓他們停下來。

水剛剛才淹到膝蓋而已，現在已經到腰際了，芙的身高比他們都還矮一大截，水更是即將淹過脖子。

「你們是怎樣，水越來越高也沒關係喔？」劉宇傑驚慌問道。

芙是蛙靈，平時就常在水面下游泳，有沒有淹過頭頂根本不重要。而林侑諺其實一直有注意到水位變化，但他一直想要趕快上岸到那條路去，所以就忍著。

「不然呢，要走回頭路嗎？」林侑諺顫抖的問道，覺得又冷又餓。

「再走下去會被淹過頭頂吧？看，上面一直有水灌下來！」劉宇傑指著更上一層的採砂場說，從邊緣一直有水流湧下，宛如瀑布一樣，層層灌注。

芙沒說話，只是盯著他們看。她和薇薇不一樣，她不會做決定，也拿不住主意，雖然是她改變的路徑，但現在要往哪裡走，完全看兩個男生的意思，她不知道該怎麼辦。

劉宇傑望著她，這一幕是如此詭異，她只有一顆頭浮在水上，卻神色依舊、泰然自如，宛如沒事一樣。別說小孩子了，她根本不像人類，這三個女生都不像人類。

劉宇傑好像知道她們的祕密是什麼了，但在這關頭他也沒心思問清楚，先保命要緊吧。

「水又變高了，我看我們回去吧？」劉宇傑斬釘截鐵說道，緊拉著前面的兩個人：「再不走，我看需要被救援的就是我們了。」他望著芙說：「那兩個女生要是都跟妳一樣的體格，根本不必擔心什麼，我們先回警衛室那裡吧？」

芙點點頭，轉了個方向就要跟劉宇傑走，但林侑諺卻沒反應。

劉宇傑搖了搖林侑諺，才發現林侑諺好像昏過去了，神智不清的半漂浮半站立，兩手緊緊抓著芙的衣服，指節都泛白了。

「喂，林侑諺！」劉宇傑喊道：「林侑諺，醒來啊！」

「林侑諺！」

水位又高了幾公分，已經不容再蹉跎，劉宇傑背起林侑諺，和芙勾著手，用最快速度游向岸邊。

這時，從四面八方卻忽然傳來隆隆聲響，聽著並不是雷聲，但卻比雷聲還更具威懾力，彷彿有什麼恐怖的事情要發生了。

隆隆聲在幾秒後轉變為爆炸一般的巨大撞擊聲，彷彿有數百頭大象正從山坡上滾下來，水面浪花四濺，才半公尺的水深，被攪起的波浪竟可以蓋過人的頭頂。

劉宇傑趕緊帶著林侑諺和芙靠到山坡邊避難，他們才剛靠到岩牆，巨大的洪水就從他們來時的石溝路沖下來，夾帶著石塊與泥濘往四面八方溢散，吞噬並擊碎一切事物。

這就是土石流。

劉宇傑全身顫抖起來，在這壓倒性的力量面前感覺到了人類的渺小，他們方才要是繼續沿著原石溝路向上走，恐怕就直接葬身在土石流中了。而即使現在離得夠遠，他們依然在危險之中。

「快、快走，我們再回到剛剛那裡，往妳講的那條緩路走。」劉宇傑說道。

爆沖下來的泥流山洪直接注入了沿途的採砂場，水位比起前十秒直接提高了兩公尺，劉宇傑揹著林侑諺浮不起來，幾乎快被淹沒；他們雖是躲過了土石流的直接衝擊，卻躲不過接下來的陣陣巨浪，劉宇傑才剛講要走，就被暴漲的亂流給沖離岩壁邊，芙直接在眼前被水吞沒。

「咳咳咳！芙！」

劉宇傑已經被滅頂了，水下充滿雜質，能見度是零。他還沒感覺到自己與林侑諺分離，就被泥水給嗆得要失去意識。

他們錯了，根本不該來的，在這種颱風天，來這種最危險的地方……

薇薇和鈴鈴在第九層採砂場，也就是最高層的採砂平台上，進行著艱難的任務。

這裡已經是採砂場的頂點，和底下那些已被挖掘殆盡的不同，這裡的岩層還很豐富，而且地勢也不是平坦的，隨處可見一些被掏空的大坑洞，以及砂石堆積而成的大山，高低落差之大，可以到數十公尺。

暴雨所形成的泥流在砂石山間橫行，較低窪的坑洞都已經被水注滿了，成了潛在的危險，有些看起來平坦的地方，腳踩下去就會被暗潮與流沙給捲入。

薇薇和鈴鈴在這採砂場的深處找到了一個的堤壩，厚實的混凝土牆從地底深處延伸上來，堅固而不可催。兩人研究這古怪的設施老半天，最後才發現，這是道攔水壩，在地底數十公尺的地方，有條地下河被硬生生截斷了，被迫拆成兩條支流，從採砂場的側面流出去。

這些再再都是造成土石流的主因，對蛙靈來說，水是生命的來源，這採砂場已經被砍得連一顆樹都沒有了，現在連河水都被迫改道，不出問題也難。

薇薇和鈴鈴以她們蛙靈的耳力，聽著地下深處的水流動靜，試圖在腦海構築整個地下水系的地圖，越聽卻越頭皮發麻：這採砂場看似規模宏大，實際上它的內部已經被改道的地下水給掏空了。

※ ※ ※

經年累月下來，改道的河水不斷侵蝕著那些採砂後留下的坑洞與裂縫，早已經將內部變得像蜂窩一樣被鬆散，徒留表面一層硬殼子，根本承受不住任何重量。

只需要再一根導火線，這座需有其表的山就會整個崩塌破裂，屆時就不是只有土石流了，而是整座山會沿著採砂場解體，將底下的村落、城鎮全部掩埋，不管是公路、果園、那座有吊橋的村子、火車站、鄉公所還是劉宇傑的姑姑家，都無一能倖免。

薇薇和鈴鈴光聽地下水系，已經聽出了一場滅頂災難，而那根會壓垮一切的導火線，不是別的，正是此時的狂風暴雨、此時的「弗雷」颱風。

「糟糕，這麼多的水往下滲透，這座山根本無法承受。」薇薇帶著鈴鈴在攔水壩前著急轉圈。從地底不斷傳來嘩嘩啵啵聲響，那只有蛙靈聽得到，代表土壤裡的空氣被水給排擠佔據。「弗雷」的驚人雨量正在液化這座山的山腹，不需要再多久，薇薇所擔心的大山崩就會發生。

而此時距離她派芙在底下把風，已經過了一個小時，她不需要去向芙詢問蛙靈先祖的動向，就已經知道接下來的劇情了：這就是先祖的總攻擊，先祖準備摧毀這座山，來殺死山下所有的人類。

風雨將在幾個小時後達到最大，而這座山，根本熬不到那個時候。

「姊，怎麼辦？」鈴鈴面如死色的問道，她將耳朵貼在攔水壩上，聽著整座山顫抖的聲音。身為蛙靈的她即使平時再怎麼沒神經，也能清楚的感受到大地的變化。

薇薇左思右想，是有想到一個辦法，但這方法的代價也很巨大，她不確定這樣做行不行得通：「我們把這座水泥牆壁給拆了吧。」

「咦？」鈴鈴疑惑的問道：「有用嗎？」

「只要拆了它，原本被攔截的河水就會回到原本的河道，就不會繼續流進山腹裡了，山崩的進程也就會停止。」薇薇爬到攔水壩上，眺望遠方說道。

「那妳講的代價是什麼？」鈴鈴接著問，她可沒忘記薇薇說有巨大的代價。

「現在正在暴風雨之中，我們一旦拆了牆壁，排山倒海的積水會立刻湧出來。」薇薇嚴肅的說道：「原本的舊河道肯定不足以消化這麼多水量，因此所有的水都會跑到地面上，我們會引起一場大洪水，甚至是土石流。」

「哇。」鈴鈴臉色吃驚，但並不是很懂：「所以大洪水比大山崩還好囉？」

「當然好，要是整座山都崩塌，那後果是毀滅性的。」

「那我們就拆門放水啦！」鈴鈴爽快的說道，伸腳踩在攔水壩上，準備大幹一場。

薇薇也沒有猶豫得太久，便決定要與鈴鈴拆水壩，畢竟再拖下去就來不及了。

兩人找到攔水壩的中心位置，醞釀了一會兒，然後由鈴鈴出手。她站在堤壩前，握拳、吸氣，然後卯足全力，一拳揮出——

砰的一聲，小小的拳頭在水泥壩體上砸出了裂縫。一拳不夠，還有第二拳。

「專注一點，很重要。」薇薇在一旁提醒道：「這次一定要打破。」

蛙靈生來都具有魔法，就像電影裡演的一樣，她們能挪動巨石、騰空飛行，這是她們的超能力。但每次使用後，都得休養許久才能恢復魔力，所以非到緊要關頭都不輕易使用，此次來到人間，她們都還沒讓林侑諺見識過呢。

「再一次。」薇薇說道，她已經聽見壩體內部爆裂的聲音。

第三拳揮出後，牆面整個裂開，還不等衝擊力發酵，薇薇就抓著鈴鈴迅速逃走，接著轟隆一聲巨響，壩體從中間裂掉的地方被洪水給衝破，黃滾滾的泥流呼嘯而出，宛如一條被封印已久的巨龍，遠洩千里。

薇薇帶著鈴鈴半飛半跑的奔上了最高的砂石山頭，巨量的洪水很快就淹沒整片採砂場，並漫出了邊界，往下流淌。

石溝路的地勢最低，首當其衝，無處可去的洪水全往那裡灌注，並捲走沿途的土石泥沙、鋼管設施。薇薇並不知道，她所引發的這場土石流，將在下游對林侑諺等人造成滅頂之災。

「姊！」鈴鈴抱著薇薇，兩人站在砂石山上相互依偎：「我怎麼覺得這座山快垮了啊？水也太多了吧。」

舉目所及都是洪水，什麼採砂場都成了汪洋一片，只有地勢較高的幾座山和攔水壩還能看見。但這些山都是土砂堆積而成的，根本耐不住水蝕，不出多久，底部已經開始鬆動，有溶化的跡象，而薇薇和鈴鈴的高度也跟著不斷下降，隨時有要傾斜進洪水裡的趨勢。

「別動，等等摔下去。」薇薇冷靜的說道，她抓著鈴鈴，並不特別擔心砂石山會倒。她們是蛙靈，即使沒有立足之地，在水中邊游泳邊休息也不是什麼難事。

她在意的，是從攔水壩中洩出來的水流量已經逐漸變小了，她不相信積水有這麼少，好像有什麼龐然大物堵住了壩體的裂口。

幾分鐘後，她的擔憂成真了，壩體後面突然傳來砰的一聲，有塊大石頭卡在了裂縫之中，傾瀉的洪水霎時變成涓涓細流，湍急的水勢緩了下來。

「哇，怎麼辦？」鈴鈴問道，她知道要讓水繼續流才行：「要再去把那塊石頭打破嗎？」

「妳沒法力了。」薇薇說道，並端詳了周圍的環境：「而且現在太危險了，根本下不去。」

她盯著攔水壩，希望那裂縫會自行擴大，最後整個解體，將大石頭也沖出來。然而十分鐘過去了，壩體不僅沒有瓦解，小縫隙還被更多石頭堵住，水流量變得更小。

「嘖，怎麼會這樣啊。」薇薇著急的說道，帶著鈴鈴決定回去攔水壩。

兩人在泥水中逆流而上，連鈴鈴這樣的游泳好手都被強勁的水流捲著走，時不時還有大石頭滾來。好不容易回到裂掉的攔水壩前，兩人卻束手無策。

鈴鈴已經沒有魔法再對壩體進行破壞了，薇薇的魔法也無法用在這時候。

這時，兩人隱約聽到遠處傳來呼救聲，伴隨著陣陣哭聲。

「那是什麼聲音？」鈴鈴倒抽一口氣問道，在這昏天暗地中聽到哭聲簡直如見鬼。

薇薇也不清楚，想了一會兒才忽然臉色大變，她們還有一個妹妹在下面呀！

「是芙！」她大驚失色的說道：「都忘記她了！」

「對噢，芙！」

兩人趕緊往下層的採砂場走，但水流縱橫交錯、窒礙難行，照這速度光要離開這一層都要花數十分鐘。薇薇只好發揮她的超能力，拉著鈴鈴騰空飛起，掠過採砂場，往聲音的來源俯衝而去。

若鈴鈴的魔法是破壞力的話，薇薇的魔法就是飛行力，她可以違背地心引力，在天空翱翔一段時間。

用飛的速度就是快，兩人一層一層的往下探索，越看卻越怵目驚心，她們所引發的土石流已經將下層的採砂場毀得狼狽不堪了，而滾滾泥流還在持續不斷往下滲透，吞噬沿途的一切事物。

「哇，在那裡！」眼尖的鈴鈴終於找到了芙。

芙在泥池的邊緣載浮載沉，艱難的駝著林侑諺和劉宇傑，她不僅得抵抗水流的衝擊，還得儘量維持在水面上，才能讓林侑諺和劉宇傑不至於被淹沒。

薇薇趕緊和鈴鈴衝過去，在這半途中，某塊巨石還突然滾下來，重重砸在距離芙不遠的地方，濺起一大片黃泥，也讓薇薇嚇出一身冷汗。

「芙，對不起！」薇薇帶著鈴鈴下降到地面上，一聽到芙的哭聲，也頓時紅了眼眶：「把妳忘記了。」

「這是誰?!」鈴鈴望著芙背上那兩個被黃泥覆蓋的人形，不知是死是活，便驚慌大叫：「是有眼？」

她們根本認不出來那是林侑諺和劉宇傑，甚至也認不出芙，因為他們全被泥巴給裹住了。所幸，林侑諺和劉宇傑還有呼吸，只是吃了不少泥水，昏了過去。

眼下的環境太危險了，薇薇發揮她最後的魔法，先將林侑諺和劉宇傑送到最高處的採砂場，接著才來接她的妹妹們。但最高層也只是相對安全的地方，只有幾座砂石山還沒被水淹沒，還可以棲身，然而天上雨水一直下，砂石山也成了一團軟泥。

「有眼！有眼！」鈴鈴搖晃著昏迷的林侑諺和劉宇傑：「醒來呀，你們！」

「他們的身體太冰了，先用土把他們埋起來。」薇薇說道，動手就將身邊的泥沙裹在林侑諺和劉宇傑身上。

她筋疲力盡，剛才的飛行已經用盡她的力氣和魔法，現下真的不知道該如何從這困境中脫身。再說，她們還得將攔水壩拆除才行，必須讓河水回到地面上，否則它會繼續掏空這座山的基座。

「芙，到底發生什麼事呀？有眼他們怎麼會出現在這裡？難道是來找我們的嗎？」鈴鈴問道。

芙掉著眼淚點頭，方才真是她這輩子所經歷過最恐怖的事了，土石流忽然發生，一下就吞沒了林侑諺和劉宇傑。是她運氣好，才能在一片泥流中將他們都找回來。

薇薇很愧疚，是她們太大意了，忘記下方還有人，才這樣貿然的引發了土石流。她盯著攔水壩，望著那越來越小的水流，及逐漸被填滿的裂縫，忽然間想到了什麼。

「姊，怎麼了？」鈴鈴問道，見薇薇站了起來，自己也要跟過去，但薇薇卻不動了。

「等等。」薇薇嚴肅的說道，一面望著攔水壩，一面聽著芙的啜泣聲：「芙，妳再哭大聲一點。」

「蛤？」鈴鈴疑問道：「芙都這麼傷心了，妳還要她哭更大聲？」

「噓，別鬧。」薇薇沒耐心的打斷她，現在已經沒時間開玩笑了，她轉頭看向芙，凝重的說道：「芙，哭大聲一點，用力哭出來，快點！」

被這樣一講，芙反而不哭了，哭聲嘎然而止，急得薇薇直跳腳。鈴鈴明白姊姊肯定有什麼用意，便反手一拍，不客氣的往芙的頭打下去，一巴掌響亮無比。

「哇啊啊啊啊！」芙霎時又大哭出來，哭聲響徹整個採砂場。

雨聲、風聲、水聲交錯，在這看似吵雜的環境中，芙的哭聲卻無比清晰。

「有辦法了。」薇薇勾起了嘴角。

「蛤？」鈴鈴不懂。

「我們可以摧毀這個擋水牆。」薇薇指著攔水壩說：「事不宜遲，得立刻行動。」

第十章

薇薇發現一件神奇的事，芙的哭聲能與攔水壩的斷裂點產生奇特的共鳴，只要她哭，裂縫就會震動，薇薇不清楚這是一種魔法，還是單純的科學現象，反正都到這個節骨眼上了，只要能拆掉攔水壩，什麼方法都是好方法。

「妳再哭大聲一點！」薇薇說道，並跳入水中，用優雅的蛙式一下子游到了攔水壩前：「再哭大聲一點！」

鈴鈴和芙都不懂姊姊想做什麼，只能乖乖配合。

芙尷尬的哭著，越哭越假，鈴鈴則在一旁加油，急性子的催促她。這下，哭聲的頻率不對，就不能再和攔水壩起共鳴了，況且一個低沈的男聲在山谷內徘徊，要說有多難聽就有多難聽。

「停停停！」薇薇趕緊說道，並向她們解釋她的目的：「芙的哭聲很低，好像可以用來破壞這擋水牆，現在認真哭，認真的！」

於是芙繼續哭，但還是哭得很不對勁，鈴鈴捏她也沒用，反正就是哭不出來，在如此驚險刺激的暴風雨中，她那像鴨子叫的聲音，竟能讓人感到一絲無言及乏味。

「什麼東西叫得這麼難聽啊？」這時，林侑諺醒了過來，頭昏昏的撥開臉上的泥巴：「很吵欸！」

被林侑諺這麼一說，芙大受打擊，瞬間爆哭了。

「做得好！」薇薇喜出望外的說道，在攔水壩那側要鈴鈴趕緊再叫醒劉宇傑：「再哭大聲一點，還要再哭更多！」

「這樣真的有用嗎？」鈴鈴嘟噥著，轉身去推劉宇傑，推老半天推不起來，索性一巴掌就過去了。

劉宇傑瞬間醒來，而且第一時間注意到的就是芙的哭聲：「什麼叫聲這麼難聽啊?!」他們的第一反應都覺得這是動物的叫聲。

臉皮薄的芙被兩個男生這麼說，再也忍不住了。剛才溺水，都是她救他們的呀，現在怎麼可以這麼說？她帶著滿腹委屈就嚎啕大哭出來。

低沈的聲音在採砂場內共鳴，引起了攔水壩一連串震動，並在某條鋼筋緊繃斷裂後，使得壩體整個瓦解。巨大的泥流傾瀉而出，衝垮了殘餘的水泥設施，再也沒有東西能阻擋洪水了，連方才堵住裂口的巨石也被水帶了下來。

「快到最上面去！」薇薇逃命般的飛奔回砂石山，帶著大夥往上衝。

水流量太驚人了，一波高達數公尺的巨浪襲來，撞在砂石山上，帶走了將近一半的土石。薇薇等人腳下不穩，幾乎要摔進水中。

「抓住我！」劉宇傑說道，他已經快一步爬到最高點，伸出手就將還在手腳並用的眾人拉上來。他們引發了第二波的土石流，除了他們所在的這座砂石山外，其他砂石山都被沖走了。泥沙混著石塊、水泥墻體往山下沖，甚至連挖土機、貨櫃屋都載浮載沉，倒栽蔥的被一起沖下去。

眾人抱在一起，瑟瑟發抖，本該有數層樓高的砂石山，在此刻只成了一座小島，是他們僅有的棲身之地，還逐漸的在瓦解中。

採砂場的邊緣成了瀑布，任何事物只要落水，就會被急流給沖下去，粉身碎骨。即使是蛙靈，也沒把握能在這樣極端的環境中存活。

「姊姊，現在怎麼辦呀？」鈴鈴大聲問道。

「嗚嗚嗚嗚嗚。」芙還在哭著，嚇得不知所措。

薇薇也沒有主意，他們已經用光了力氣，也用光了資源，舉目所及只有洪水以及洪水的盡頭，瀑布，連根可以抓住的樹木都沒有。

林侑諺和劉宇傑也嚇壞了，他們對水的恐懼本來就比蛙靈還深，此刻只有抱緊大夥兒的份，稍微一鬆懈就沒命了，那水流的速度不是開玩笑的。

砂石山一點一滴的消逝著，很快就只剩下一片草蓆的大小。兩個男孩已經絕望了，三姊妹也面如死色，但其實薇薇很想跟大家說，他們做到了，他們破壞了攔水壩，阻止地下水繼續掏空山體，因而阻止了一場大山崩，會奪走數百條人命的大山崩。

當年她和長老們沒有完成的任務，今日做到了，他們對抗了蛙靈先祖，攔截它將帶來的災難，救了人類，沒讓歷史的悲劇重演。

「至少，我們犧牲自己，救了很多人。」薇薇恍然的笑著說道，在這片汪洋中，她抱著大夥兒，彷彿看到一道白光。

那白光忽遠忽近、忽明忽暗，像會帶來救贖一樣，從天而降。但薇薇知道這只是自己的錯覺，在此末日般的場景中，黑雲壓頂，又怎麼可能會有日光出現呢？

然而，不只她一個人看到了。

「姊姊，是不是有光？」鈴鈴問道。

「對欸，有陽光，難道放晴了？」劉宇傑也看到了，頓時來了精神。

「那不是陽光……」林侑諺呆滯的說道，雙眼渙然的盯著天空：「那是……直升機。」

噠噠噠噠噠噠的聲音傳來，是直升機螺旋槳轉動的聲音。

從天空中出現兩架直升機的身影，它們穿梭在風雨中，投射的照明燈不約而同的打在了砂石山上，找到了他們五個人。

「得救了！」林侑諺熱淚盈眶，趕緊朝空中揮手：「有人來救我們了，得救了！」

「得救了！」劉宇傑也激動無比：「快來人啊！我們要被水淹過了！」

那是國家的救難直升機，所謂的山窮水盡疑無路，柳暗花明又一村，就是這種感覺吧？眾人都很激動，誰也想不到在這樣的絕境之中，會有人來救他們。

在林侑諺和劉宇傑離家沒多久後，他們的家人就發現了，並報了警。警察在砂石場的外面找到了劉宇傑開的車，基於當時已經發生土石流，便立刻通知國家救難隊，派出直升機進行搜救。

總之，得救了。

林侑諺等五個人，在救難隊員的幫助下，搭著繩索上了直升機，終於遠離了危險萬分的砂石場。

林侑諺裹著浴巾，喝著救難隊員遞來的熱水，渾身發抖，有著說不出的感動，眼角都被淚水浸溼。劉宇傑在他旁邊，也是冷得要命，現在想來，才知道他們剛才的處境有多危險。

從直升機上往下俯瞰，這才窺見整座採砂場的面貌，雖然大部分都已經被土石流給覆蓋，但那些被刨掘的痕跡依然清晰可見。整座山頭都是禿的，沒有一丁點綠色，而是被一個個隕石坑般的洞給取代，千孔百瘡、不堪入目。

那些隕石坑，就是林侑諺等人行走過的一層又一層的採砂場，難怪薇薇會如此憤怒、如此感慨，人類竟然將他們的山林搞成這般面貌，簡直難以置信。

卡嚓。

這時，林侑諺身旁傳來鎂光燈拍照的聲音。

是一位長髮的女士，她正拿著攝影機，憂心忡忡的對著下方照相。她注意到了林侑諺的目光，便開口向他解釋，說自己是記者。

她長年來都十分關注誠心山的採石場，卻從來沒有機會進行過實地採訪，因為高牆總是聳立著，不讓任何人知道內部的狀況，直到今日，她才有幸一睹採砂場的真面目。

「真是可怕。」女記者看著攝影機的螢幕說道，眉頭深鎖：「整座山被挖得滿目瘡痍，這還是我們美麗的寶島嗎？」

「記者可以上來這個直升機嗎？」劉宇傑懷疑的問道。

「是我們讓她上來的。」一旁的救難員回答，並笑道：「怎樣，你要檢舉我們嗎？我們才剛救了你耶。」

「沒啦，我只是覺得奇怪……」

「並不奇怪，我們都很關心這座山。」此時坐在前艙的駕駛員也說道：「他們企業一直說挖砂石沒問題，我們當地人從沒信過，每天那麼多大卡車進出，怎麼可能沒問題。」

「這麼大的土石流，我是第一次遇見。」一旁的救難員說道，直盯著下方看：「還好那個方向沒有住人，不然不知道會死多少人。」

事實上，若沒有這場土石流，還真的會死很多人呢，因為整個誠心山都會崩塌。但林侑諺沒有把這件事講出來，因為他也不知道細節，薇薇她們在另一台直升機上，只有她們清楚是怎麼回事。

「我們一定要將這些照片公諸於世。」女記者說道，抓緊時間再多拍許多照片：「讓世人知道真相，戳破那些財團的謊言。」

林侑諺躺在椅子上，聽著他們說話，看他們拍照，不知為何，心中有股極大的安全感。不是因為他脫離險境了，而是他知道，這些見不得人、令他無能為力的事，終於有人能出來伸張正義，為山林發聲了。

風雨會過去，早晚會天明的。

※　※　※

「弗雷」颱風在禮拜三上午十點離開了台灣，氣象局解除了颱風警報，各縣市都進入了善後的工程。

這次的颱風雖然風大雨大，規模也是有史以來數一數二，但幸運的是，並未造成太大的傷亡，各地的災情都很小，淹水也很快就退去。

然而，這次的颱風卻引爆了誠心山的採砂場，使得濫伐山林、挖掘土石等事情浮出台面，首先是一家報社刊登了誠心山的空拍照片，接著所有的報章媒體便一窩蜂的討論起此事。

那山頭被挖成一個大洞的照片令全國譁然，原本只有地方關注的事情，霎時變成了眾所矚目的大事件，什麼「寶島悲歌」、「山林哭泣」等聳動的字眼佔據報紙頭條，群情激憤、眾怒難平。

政府不得不重視起此事，派出各大部門前往稽查，結果令人咋舌，採砂場不僅違反眾多法律、佔用水源地，還擅自截斷水流，造成了不可挽回的自然傷害。

一切證據都指向，採砂場就是引發土石流的元兇，有了具體的稽查報告後，採砂場當即便被勒令停工，並移送司法單位調查，釐清土石流害命等等的刑事責任。

花蓮人所盼望已久的真相與正義、劉奶奶心心念念的賠償，一直到此刻才有了初步的追究，這終歸是一場人禍，而不是天災。

「放晴了呢，今天太陽好大。」在市立游泳館的外面，薇薇說道。

「弗雷」離去，事件結束，蛙靈們也要返回她們的世界了。

薇薇、鈴鈴、芙，她們和林侑諺相遇是在這個游泳館，現在也要從這個游泳館分別。館外綠蔭片片，柏油路在旁邊，館內水聲潺潺，卻不是溪流，而是一個個有消毒水味的人造池子，這裡對蛙靈而言，真是個不可思議的地方呀。

「真的很感謝妳們，要不是有妳們，誠心山肯定會崩塌吧。」林侑諺望著薇薇說道，此刻的誠心山已經受到政府保護，被列為危險區域，是蛙靈們阻止了一場災難。林侑諺說：「也是妳們間接讓這件事被我們人類重視。」

「侑諺也功不可沒。」薇薇真心的說道：「要不是有你幫忙，我們也阻止不了先祖。」

先祖，聽到這個字眼，林侑諺又全身起雞皮疙瘩。

所謂的蛙靈先祖，或許代表著大自然的反撲吧，蛙靈所居住的世界和人類密不可分，當人類破壞了環境，蛙靈也無法置身事外，於是他們的祖先便出手懲罰人類。

但這只是林侑諺的猜測，畢竟蛙靈先祖一直是那樣形而上的模糊概念，到頭來，他也沒見到祂的真面目。

又或許，祂就是颱風本身，這個推論是比較可信的，鈴鈴始終戲稱林侑諺是「有眼」，又說她們的祖先有大大的眼睛。從衛星雲圖來看，颱風的中心有颱風眼，是團白色的熱帶氣旋，會帶來狂風暴雨，所謂的蛙靈先祖，恐怕就是颱風沒錯了。

「妳們要怎麼回去呢？」林侑諺好奇的問道，和三姊妹坐在石凳子上，把握最後的相處時光。

「長老們會群起詠唱，將我們召回我們的國度。」薇薇笑著說道。

「所以，妳們不會再來人間了？」

「嗯，應該不會了，人間不是我們生存的地方。」薇薇回答：「你也不會想再見到我們的，如果再有蛙靈來人間，那肯定不是好事，代表先祖又捲土重來了。」

「呃，說的也是。」

四人又聊了一會兒，然後就到了分別的時候。林侑諺目送她們離開，望著她們消失在街道樹的陽光之中，心中有些悵然若失，但平復一會兒後，還是感到幸運的。

他有了一場奇妙的際遇，和三個自稱是蛙靈的小女孩，經歷了一場大冒險，這輩子難以忘懷。

他想起了劉宇傑，他還欠他一個真相呢，當他告訴他有關蛙靈的祕密時，不曉得他會有什麼反應。

即將到來的，是他畢業前的最後一場運動會，他的肩傷已好，在泳池前，他會和劉宇傑為他們的青春留下勝利，讓這個夏天做最完美的結尾。

（全文完）

釀冒險40　PG2403

這個夏天，我碰上了蛙靈

作　　者　顏　瑜
責任編輯　喬齊安
圖文排版　周妤靜
封面設計　劉肇昇

出版策劃　釀出版
製作發行　秀威資訊科技股份有限公司
114 台北市內湖區瑞光路76巷65號1樓
電話：+886-2-2796-3638　傳真：+886-2-2796-1377
服務信箱：service@showwe.com.tw
http://www.showwe.com.tw
郵政劃撥　19563868　戶名：秀威資訊科技股份有限公司
展售門市　國家書店【松江門市】
104 台北市中山區松江路209號1樓
電話：+886-2-2518-0207　傳真：+886-2-2518-0778
網路訂購　秀威網路書店：https://store.showwe.tw
國家網路書店：https://www.govbooks.com.tw
法律顧問　毛國樑　律師
總 經 銷　聯合發行股份有限公司
231新北市新店區寶橋路235巷6弄6號4F
電話：+886-2-2917-8022　傳真：+886-2-2915-6275

出版日期　2020年5月　BOD一版
定　　價　250元

Printed in Taiwan

國家圖書館出版品預行編目

這個夏天,我碰上了蛙靈 / 顏瑜著. -- 一版. --
臺北市 : 釀出版, 2020.05
面；　公分. -- (釀冒險 ; 40)
BOD版
ISBN 978-986-445-393-1(平裝)

863.57　　109005562

讀者回函卡

感謝您購買本書，為提升服務品質，請填妥以下資料，將讀者回函卡直接寄回或傳真本公司，收到您的寶貴意見後，我們會收藏記錄及檢討，謝謝！如您需要了解本公司最新出版書目、購書優惠或企劃活動，歡迎您上網查詢或下載相關資料：http:// www.showwe.com.tw

您購買的書名：________________________________

出生日期：________年________月________日

學歷：□高中（含）以下　□大專　□研究所（含）以上

職業：□製造業　□金融業　□資訊業　□軍警　□傳播業　□自由業

□服務業　□公務員　□教職　□學生　□家管　□其它______

購書地點：□網路書店　□實體書店　□書展　□郵購　□贈閱　□其他

您從何得知本書的消息？

□網路書店　□實體書店　□網路搜尋　□電子報　□書訊　□雜誌

□傳播媒體　□親友推薦　□網站推薦　□部落格　□其他__________

您對本書的評價：（請填代號　1.非常滿意　2.滿意　3.尚可　4.再改進）

封面設計____　版面編排____　內容____　文／譯筆____　價格____

讀完書後您覺得：

□很有收穫　□有收穫　□收穫不多　□沒收穫

對我們的建議：________________________________

____

____

____

請貼
郵票

11466
台北市內湖區瑞光路 76 巷 65 號 1 樓
秀威資訊科技股份有限公司 收
BOD 數位出版事業部

....

（請沿線對折寄回，謝謝！）

姓　　名：＿＿＿＿＿＿＿＿＿＿　年齡：＿＿＿＿　性別：□女　□男

郵遞區號：□□□□□

地　　址：＿＿＿＿＿＿＿＿＿＿＿＿＿＿＿＿＿＿＿＿＿＿＿＿

聯絡電話：(日) ＿＿＿＿＿＿＿＿＿＿ (夜) ＿＿＿＿＿＿＿＿＿＿

E-mail：＿＿＿＿＿＿＿＿＿＿＿＿＿＿＿＿＿＿＿＿＿＿＿＿